KB113022

기필코 서바이벌!

| Sallim YA Novels

박하령 장편소설

기필코
서바이벌!

살림Friends

차례

기필코 서바이벌

난 절대 만만한 애가 아니다. 때린다고 맞고만 있지 않는다. 그렇다고 무분별하게 들이받는 스타일도 아니다. 적당히 기회를 봐서 치고 빠지고 안 되면 교묘하게 배후 공격도 할 줄 안다. 때로는 주변을 활용해 손 안 대고 코를 풀 줄도 안다. 한마디로 머리를 쓴다는 이야기다. 단, 문제는 머리만 쓸 줄 알지 몸은 못 쓴다는 데 있다.

어제도 일방적으로 맞았다. 무식한 애들이 패는 데는 어쩔 수가 없다.

"왜 앞에서 걸리적거려?"

야자 시간 직전에 매점 앞에서 몸이 살짝 닿았다고 세 명의 날

라리 여자애들이 나를 잡았다. 근처에 쌤들이 지나다니는데도 거침없이 주먹질이다. 난 몸을 최대한 접어 맞는 면적을 줄였다. 몇 번 맞으면서 나름 터득한 노하우다.

"네가 그렇게 잘났다며?"

말이 안 통하는 애들을 상대로 뭘 하겠는가? 그건 마치 동물들에게 인과관계를 따지며 토론하자는 것과 다를 바 없다. 고로 그런 애들이 때리는 건 그냥 맞는다. 무식한 애들은 당할 길이 없으니까. 단, 마음속으로 칼을 간다. 물론 그 칼은 누군가에게 휘두르기 위한 것이 아니다. 단지 이 부조리한 상황에서 살아남기 위한 지혜의 칼이다. 그러므로 내가 가는 칼은 하찮은 흉기가 아니다. 생존을 위한 지적인 도구다.

부조리한 상황이라 함은 내가 왕따 아니, 우리 학교에서 '전따'가 된 이 말도 안 되는 상황을 의미한다. 그러니까 부지런히 머리를 써서 돌파구를 찾아야 한다. 지금은 그것만이 내가 살 길이다. 애들한테 대들어 봐야 악순환만 계속될 테니까. 내가 물면 나를 또 물어 뗄 것이고 대들면 대든다고 또 나를 때릴 것이다. 쟤들은 오로지 근거도 없는 소문만 믿고 나를 공격하는 무뇌아들이니 긴 싸움이 될지도 모른다. 하지만 그럼에도 불구하고 난 기필코 살아남을 것이다. 나는 길을 찾고 있으니까. 길은 찾는 자의 몫이다.

의지는 부지런히 움직여 마침내 결실을 이룰 것이다.

오늘도 지각 직전에 교실로 골인했다. 어차피 다니고 싶어 다니는 학교가 아니니까. 책상 위에는 역시 쪽지가 있다. 보낸 사람의 성의를 생각해서 예의상 펴 본다.

장서란, 재수 없어. 증발해라.

내 입안에 욕이 흥건히 고이지만 참는다. 대신 아무렇지 않은 듯 그 쪽지로 비행기를 접어 날린다. 하지만 비행기는 곧바로 내 발등 위로 추락한다. 사실 아무렇지 않은 척하는 건 쉬운 일이 아니다. 하지만 나는 공격을 완화시키는 방법이 뭐가 있을까 한참 궁리하던 끝에 '아무렇지 않은 척하기'를 작정했다. 말 그대로 '살짝 맛이 간 애' 흉내를 내는 거다.

대상이 공격을 받고도 흔들리지 않으면 공격하는 애들은 전의를 상실할 것이라고 믿었다. 상대가 아파하고 무서워해야 더 때리고 싶은 법이니까. 그래서 난 쪽지를 비행기 재료로 쓰는 무신경함을 연출한 것이다. 추락한 비행기를 들어 올려 또 날리려는데 누군가 소리친다.

"증발해 버리라고!"

증발? 솔직히 할 줄만 안다면 그거, 진짜 하고 싶다. 익명의 쪽지를 받은 지 벌써 한 달째다. 피가 바짝바짝 마른다. 제일 견딜 수 없는 건 누구 짓인지 나 빼고 반 아이들 모두가 다 안다는 사실이다. 하지만 누구 하나 입을 열어 내게 알려주지 않는다. 그런 의미에서 이 쪽지는 반 아이들 모두가 합심해서 내게 보내는 메시지라고 생각해서 무방하다. 고로 누구인지가 중요한 게 아니다. 내가 굳이 담임한테 일러바치지 않고 참고 견디는 이유가 그거다. 말한다고 해서 별로 나아질 게 없을 테니까.

사건의 발단으로 거슬러 올라가 본다면…… 지지난 달쯤? 그러니까 여름 방학이 시작되기 직전에 우리 반의 서하늬란 애가 전학을 갔다. 워낙 존재감이 없는 아이라 관심 밖이었는데, 어느 날 야자 시간에 느닷없이 송윤미가 내게 종주먹을 대며 물었다.

"너지?"

"뭐가?"

"서하늬, 너 때문에 전학 간 거잖아."

솔직히 난 그때 처음 깨달았다. 하늬란 애가 없어졌다는 사실을. 근데 나 때문이라니? 어이가 없어서 별 대답을 안 했는데 또 다른 애가 혼잣말처럼 뇌까렸다.

"하늬가 어디로 간 거지?"

다들 졸음에 겨운 오후 자습 시간이었던지라 난 그냥 분위기를 돋우자고 나름 유머로 답했다.

"서하늬, 서쪽에서 부는 바람이니까 동쪽으로 갔겠지?"

아니, 유머라기보다는 느티나무가 하늬바람에 흩날리는 시적인 장면을 머릿속에 연상하고 떠들어 댄 것 같다. 그때 주위에서 다소 과격한 억양의 "허~얼!" 소리가 들렸지만 그건 내 유머 감각에 대한 격한 반응 정도로만 여겼다. 그런데 그것이 화근이 될 줄은 꿈에도 몰랐다.

그 대화가 오간 다음 날부터 교실에 이상한 말이 돌았다. 아이들은 수군댔다. 전학을 간 서하늬가 교통사고를 당해 입원했는데 의식이 없는 상태란다. 몇몇 아이들 말로는 하늬가 차에 뛰어들었다고 했지만 난 믿지 않았다. 아이들의 상상력은 항상 극단을 향해 달리곤 하니까 의례적인 과장일 것이라고 생각하고 별 반응을 하지 않았다.

"택시기사는 개가 뛰어들었다고 주장한대."

"어머머머! 왜?"

지금 생각해 보면 그때 나 역시 적극적인 반응을 보였어야 했다. 하다못해 "어머! 어머!" 놀라기라도 했다면 억울하게 옴팡 뒤집어쓰는 일은 없었으리라. 마침 그날 나는 생리가 시작된 터라 만사가 귀찮아서 책상 위에 엎어져 애들이 떠드는 이야기를 듣고만 있었다. 수군거림의 끝에 이런 말이 붙었다.

"뭐, 입이 있어도 할 말이 없겠지."

하지만 이 말이 나를 겨냥한 이야기인 줄은 꿈에도 생각치 못했다. 아무튼 양심의 가책 때문에 내가 꼬꾸라져 있다고 상상한 아이들은 하늬의 비극적인 결말의 원흉을 나로 정하고 이런저런 말을 꾸며 내기 시작했다. 한참 창작욕에 불탈 나이니까. 내 등 뒤에서 날아다니던 숱한 이야기를 난 왜 몰랐던 건지……. 지금 생각하면 가슴이 찌릿찌릿하게 안타까울 따름이다.

그리고 며칠 뒤 하늬의 오빠가 학교에 찾아왔다. 확인 사살을 위한 사람답게 다짜고짜 나를 불러내어 하늬에게 왜 그랬냐고 다그쳤다.

"아니에요. 맹세코…… 전 전혀 모르는 일이에요."

최선을 다해 부인했건만 소용없었다. 하늬네 오빠와 담임 쌤이 어찌나 나를 뚫어지게 바라보던지, 내 입에서 나오는 '맹세코'란 말이 거짓처럼 들려 황당했다. 그도 그럴 것이 두 사람은 이미 모든 사실을 기정사실로 받아들인 듯했다. '다 알고 왔으니 넌 변명의 여지가 없음.' 이 표정에 고스란히 드러나 있다. 내가 몇 번 부인하고 난 뒤 지쳐서 고개를 숙이고 있자 하늬네 오빠는 한숨을 쉬며 말했다.

"우리 하늬, 엄마도 없이…… 불쌍한 애였는데……."

그러곤 안경을 벗어 눈물을 닦았다. 그것도 천천히 우아하게. 벗겨진 안경 안쪽에는 헉! 소리가 날 만큼 잘생긴 눈이 있었다. 파르르 떨리는 긴 속눈썹을 보자 나는 더 적극적으로 해명하고 싶었다. 잘생긴 남자의 적이 되고 싶은 마음은 추호도 없었으니까.

"아니라구요. 전 진짜 개랑 아무 상관도 없거든요!"

목청껏 이야기했건만 하늬의 오빠는 내 이야기를 건성으로 들었다. 그리고 맥없이 딴소리를 해 댄다.

"그래, 이제와…… 뭘 어쩌겠니…….."

이런 젠장! 난 미쳐 버릴 것 같았다.

"진심, 개랑 별로 말도 섞어 본 적이 없다구요."

"하늬가 워낙 내성적인 애라……."

내 말은 전혀 들리지 않는 듯 마치 대본에 있는 대사를 읽는 것처럼 자기가 할 말만 하고는 일어섰다.

"아니라니까, 왜 내 말을 안 들어요?"

멱살이라도 잡고 싶을 정도로 억울해서 절박하게 따져 물었건만 하늬의 오빠는 어이없게 내 어깨를 두드려 주곤 떠날 채비를 한다. 대체 왜 온 거야? 누가 가 보라고 해서 마지못해 도장 찍으러 온 사람처럼 서둘러 나가는 뒷모습을 보고 난 휘파람이라도 불어서 붙잡고 싶은 심정이었다. 하지만 생각을 행동으로 옮기진 못했다. 하늬네 오빠가 상담실 문을 열자, 실한 포도송이처럼 문 밖에 덕지덕지 매달려 있던 애들이 한꺼번에 안으로 쏟아져 들어왔다. 그 바람에 하늬네 오빠는 비틀거리며 자빠져야 했다.

"어, 어!"

여기저기서 비명이 터졌고 담임 쌤이 튀어가 부축했다. 발딱 일어설 수도 있으련만 하늬네 오빠는 넘어진 채로 일시 정지를 하고 있었다. 마치 슬픔 때문에 몸을 가눌 수 없다는 듯. 난 어둑신한 상담실 안에서, 쏟아지는 햇살을 배경 삼아 부각되는 검은 실루엣을 묵도했다. 넘어진 남자와 그를 부축하는 여자의 실루엣. 마치 누아르 액션 영화의 한 장면을 본 느낌이다.

그러곤 그 뒤로 정말 영화 같은 일이 벌어졌다. 모든 것이 비극적인 결말을 위한 장치 같았다. 물론 그 비극의 주인공은 슬프게도 나다. 하늬의 할머니나 배불뚝이 삼촌이 왔었다면 얘기는 좀 달랐을 것이다. 하필 하늬란 애의 대학생 오빠가 학교에 왔고 심지어 그 오빠는 키도 크고 잘생겼다. 웬만한 아이돌은 저리 가라할 정도로. 게다가 슬픔에 겨워 비틀거리다가 넘어지기도 했으며 급기야는 교문 앞에서 명문대 '과잠'을 입은 채 담배 한 대를 태우는 엔딩 장면까지 완벽하게 찍고 떠났다. 우수에 젖은 그의 얼굴을 훑고 날아가는 아스라한 연기의 향연은 대박 그 자체였다.

내게는 처음부터 끝까지 다 불리했다. 사실 하늬의 오빠는 떼로 덤빈 애들에게 밀려서 넘어진 거지, 결코 슬픔에 걸려 넘어진 게 아니다. 하지만 진실은 별로 중요하지 않다. 하늬는 전학 가기 전에는 전혀 존재감이 없던 아이였는데 사고가 난 뒤 우리 학교에서 엄청나게 유명해졌다. 하나의 스토리가 꾸며졌다. 스토리텔링이

대세인 시대니까. 이름조차 낭만적인 하늬가 마치 영화의 주인공처럼 아이들의 입에 회자되었고 그 대척점에 내가 놓였다.

"하늬, 걔가 그렇게 예뻤다며?"

"성격도 짱 좋았대."

"몸매도 죽여줬다더라."

"근데 걔를 그렇게 지능적으로 괴롭혔담시?"

"애가 얼마나 시달렸으면 전학을 갔겠어?"

"그러니까…… 반 애들이 아무도 몰랐다잖아."

숱하게 떠돌던 말 중에 마지막 이야기만 사실이다. 당근! 아무도 모를 수밖에. 사실이 아니니까. 앞서도 '맹세코'라고 했듯이 난 하늬랑 아무 상관이 없다. 물론 한두 번 시비가 붙은 적은 있다. 복도에서 내 이어폰 줄이 걔의 가방에 걸려서 내가 성질을 부린 적이 있다. 그리고 한 번은 마을버스에서 내리려는데 걔가 문 앞을 가로막고 서 있어서 짜증을 냈었다. 내 기억에 하늬란 애는 그닥 눈치가 빠른 편은 아니었다. 약간 미련한 쪽에 속한다. 물론 걔 오빠는 내성적이라고 돌려 말했지만.

아! 그리고 수행 평가 조 모임 때 나와 같은 조가 된 적이 있었는데 봉창 두들기는 얘기를 하기에 애들을 붙잡고 "쟤 좀 없었으면 좋겠다."고 하긴 했다. 하지만 조 모임에 보탬이 안 된단 소리지, 그 아이의 존재 자체가 없어지길 바란다는 뜻은 결코 아니었다. 그리고 누구나 그 정도의 말은 하지 않나? 그런데 윤미는 그 말을 걸고 넘어졌다.

"어떻게! 사람한테 없어졌으면 좋겠단 말을 해?"

윤미의 말을 전해들은 상담 쌤은 기가 막혀 했다. 사실이 아니라고 내가 몇 번이나 부인했건만. 다른 사람도 아니고 상담 쌤이라는 사람까지 어떻게 내 말은 단 한 마디도 믿어 주지 않나 싶어서 비아냥거렸다.

"쌤도 누군가 얄미울 때 그런 말 정도는 하시지 않나요?"

내 말에 상담 쌤은 입을 다물지 못한 채 눈으로 말했다.

'넌 아웃이야!'

내 앞에 그어진 선 때문에 조용히 뒤돌아 나와야 했다. 쌤이 내 말을 한 번만이라도 믿어 줬다면 좋았을 텐데…….

그렇게 소문의 봇물은 터지고 나는 피할 길 없이 거기에 휩쓸려야 했다. 우리 학년보다 1학년 애들이 더 심했다. 1학년 코딱지들답게 유치하기 짝이 없는 방법으로 공격을 해 왔다. 나는 복도에서 멀쩡하게 걷다가 이유 없이 밀쳐지는 일이 허다했고 내 등 뒤로 번지는 수군거림도 예사가 아니었다. 나는 졸지에 전따로 승격되었지만 그래도 워낙 근거가 없는 황당한 소문의 희생자가 된 터라 곧 명예 회복이 되리라고 낙관했다.

하지만 소문은, 아니라고 부정해도 아닌 것이 되는 게 절대 아니다. 한번 퍼진 소문은 쉽게 사라지지 않았다. 내용이 황당하면 할수록 더더욱 그 근거를 찾을 수 없기에 더 부풀려진다. 그리고 이야기는 다양한 버전으로 퍼진다. 유치한 버전부터 엽기적인 잔혹 버전, 판타지 버전까지 그리고 무릎을 칠 만큼 기발하기 짝이 없는 것도 있다.

처음에는 벽보라도 써 붙일 생각이었다. 계속 당하고 있을 수만은 없으니까. 그래서 내가 아니라는 증거를 찾기 위해 하늬와 초등학교 때부터 쭉 친했다던 아이를 수소문했다. 애써서 찾았지만 애석하게도 그 애는 처음부터 오리발로 나왔다.

"나 때문이 아닌 거 알지?"

"몰라."

"너 걔랑 친했다며?"

"친하다고 다 아냐?"

"암튼 네가 걔 고민 정도는 알았을 거 아냐? 그게 뭔데?"

"웃겨! 네가 뭔데 걔 얘길 털라 마라 하냐구?"

듣고 보니 그랬다. 하늬가 퍼뜨린 소문은 아니니까.

"야! 그럼 난 어쩌라구!"

"네가 알겠지. 네 문젠데."

소문이라는 건 원래 진실을 다루는 게 아니라 자기가 믿고 싶은 방향으로 향하는 거라고 했다. 하늬의 비밀을 까발려도 내 얘기는 사라지지 않을 거라는 비관적인 생각이 들었다. 그래서 벽보 문제는 접었다.

대신 그 오리발이 한 말을 곰곰이 생각해 봤다. '네 문제니까 네가 알겠지.'라는 이야기. 맞다! 이 일의 시작에는 윤미가 있었다. 콧구멍에 힘을 빡 주고 나를 콕 집어 지적한 애. 그렇다면 결국 이 소문의 진원지는 송윤미일 수밖에 없다.

"내가? 글쎄…… 기억이 없는데?"

진지하게 물었건만 건성으로 듣던 윤미는 무신경하게 답했다. 그러고는 곧이어 찬바람이 쌩 도는 얼굴로 급변해 나를 빤히 보며 한마디 덧댄다.

"넌…… 내가 호그와트 출신인 줄 아나 보네?"

"뭐?"

"그렇잖아. 내가 '너지!'라고 해서 이렇게 됐다고?"

윤미의 말에 애들이 깔깔댄다. 듣고 보니 나조차도 깔깔대고 싶다. 내가 한 주장이지만 영 설득력이 없다.

'그래도 발단은 너잖아?'

이렇게 더 따지고 싶었지만 관뒀다. 돌아서는 내 등에 윤미의 말이 와서 콱 박힌다.

"잘난 척 완전 쩔더니만!"

그때 난 깨달았다. 윤미의 적의가 이 누명을 만들었다는 걸. 즉

나의 잘난 척이 문제라는 소리다. 오리발이 말한 내 문제가 바로 이건가? 하지만 내가 비록 잘나기는 했어도 잘난 척은 하지 않았던 것 같은데…… 뭐지? 아무리 기억을 뒤적여도 내가 윤미의 심기를 거스른 적은 별로 없다. 하지만 이 시점에서 제일 중요한 건 송윤미, 쟤가 그렇게 생각한다는 거다. 내 존재 자체가 윤미에게 거슬렸다면 그야말로 이건 피할 수 없는 일인지도 모르겠다.

분명한 건 윤미는 나를 괴롭히는 일에 사명감 비슷한 무언가를 가진 것처럼 보인다는 사실이다. 모든 길은 로마로 통하듯이 나에 관한 모든 욕은 윤미를 거쳐 모이고 또 부풀려진다. 총체적 난국이다. 무릎이라도 꿇고 읍소를 해 볼까? 이내 그건 어리석은 방법임을 깨닫는다. 송윤미, 걔는 절대 약자에게 관대한 스타일이 아니다.

어떻게든 돌파구를 찾고 싶어서 작년에 과외를 해 주었던 대학생 미나 쌤에게 카톡을 보내 자문을 구했다.

견디는 수밖에 뭔 딴 방법이 있겠어?

정말 남의 일이라고 아주 쉽게 말한다. 그러면서 이참에 공부에 전념하란다. 고통이 기회가 될 수 있다며. 헐! 기회가 될 정도의 고통이면 의논도 안 했다. 야속하고 섭섭한 마음이 든다.

언니는 왕따가 뭔지 모르나 봐?

물론 난 성격이 좋아서 따를 당해 본 적은 없어. 근데 네가 따를 당하는 데엔 분명 이유가 있을 거야.

이런 식의 자문을 듣고 싶었던 건 아닌데. 여하튼 미나 쌤은 내 염장을 지르기로 작정한 듯 과거사까지 들먹이며 이미 까인 내 이마를 또 까기 시작했다.

네가 외동이라 그런가? 양보심이 부족해…… 솔직히 과외할 때도 내가 매번 간이 의자에 앉았거든?

한마디로 전과자는 당해도 싸다는 이야기를 하고 싶은 것 같았다. 아프다고 상처를 내보이는 사람에게 고춧가루를 뿌리다니. 솔직히 난 미나 쌤이 으레 그 의자에 앉기에 별로 개의치 않는 줄로만 알았다.

사면초가란 말이 떠올랐다. 정말이지 사방을 둘러봐도 내 맘을 덜어 내 줄 사람이 하나도 없다. 난 중학교를 마치자마자 서울로 전학을 온 터라 주변에 어릴 적 친구들이 하나도 없다. 그나마 학교에서 수다를 떨던 반 친구가 몇몇 있었는데 이 일이 생기자 다들 스멀스멀 멀어졌다. 근처에 사는 막내이모가 의논 상대로는 딱 좋은데, 이모에게는 보안 유지가 되지 않는다는 치명적인 결함이 있다. 이모에게 이야기를 털어놓으면 엄마에게 곧바로 흘러 들어 갈 테니까.

엄마에게는 절대로 말하고 싶지 않다. 만약 이 사실을 털어놓았 다간 엄마의 걱정까지 고스란히 내가 짊어지게 될 것이다. 엄마는 한숨을 내리쉬고 치쉬는 것으로 모자라 내가 학교에서 돌아오면 따라다니면서 걱정을 바글바글 끓어 부을 것이다. 나는 엄마의 징 징거리는 소리가 짜증 나서 웬만하면 아프다는 소리도 잘 안 하는 편이다.

"으휴! 속이 터져 미치겠다. 그러게 제때 챙겨 먹으라니까 안 먹고 다니더니…… 이러니 내가 늙지…….'' 등등.

엄마는 왜 문제가 생기면 풀거나 해결할 생각은 하지 않고 문제 자체를 가지고 난리법석을 떠는 건지 모르겠다. 그래도 엄마는 차 라리 낫다. 아빠가 알게 되면 일은 걷잡을 수 없는 불길처럼 번진 다. 결국 내가 몸소 불을 꺼야 하는 불상사가 벌어질 것이다.

"교장한테 전화해!" 내지는 "그놈의 학교, 당장 때려쳐!" 같은 일갈이 터질 것이다.

"때려쳐!"는 우리 아빠의 십팔 번이다. 언젠가 야자 수업의 불합 리함에 대해 잠시 투덜거렸다가 아빠가 교육청에 전화를 하는 바람에 무지 고생했다. 숨쉬기도 벅찬 이 와중에 집안의 불까지 꺼야 하는 이중고에 시달리고 싶지 않으니 입을 꽉 다무는 수밖에.

우리 엄마아빠는 어떤 식으로든 내가 문제를 일으키지 않기를 바란다. 그저 무난하게 커서 무난하게 대학에 가고 알아서 무난하게 인생을 살아 주기만을 바란다. 물론 그 무난의 기준이 결코 무난하지 않다는 게 문제이지만. 자식을 빨리 해치워야 할 부담스러운 숙제 같은 거로 여긴다면 대체 왜 날 낳은 건지 모르겠다.

물론 어느 정도 이해는 한다. 빽 하면 "때려쳐라."는 말을 입에 달고 살던 아빠가 몸소 회사를 때려치우는 바람에 얼마 전부터 두 분은 새로운 생업에 시달리시느라 정신이 없다. 아빠는 친구 분이 하시던 문방구를 인수했다. 문방구라고 하기에는 조금 큰 문구 센터지만, 왜 하필이면 성격 급한 아빠가 최고의 인내심이 필요한 업종을 선택하신 건지 이해가 안 간다.

천 원짜리를 손에 쥐고 와서 30분씩 게임 카드를 뒤적거리는 게 초딩들이다. 중고딩도 마찬가지다. 볼펜 하나 사러 오면서 떼로 다니며 이것저것 다 휘젓는다. 그리고 어떤 애들은 재미 삼아 물건을 훔치기도 하는데 일종의 담력 테스트인 셈이다. 게다가 아빠는 기본적으로 아이를 싫어하는 분이라 고객 존중을 절대 못한다. 개념 자체가 아예 없다. 맨날 '쥐방울만 한 것들'이라는 후렴구를 외치는데 학생들이 꼬일 리가 없다. 덕분에 매출이 점점 떨어지는 추세고 그러다 보니 나비 효과처럼 그 영향이 나에게도 미쳐 애로 사항이 많다.

"야, 장서란이! 책상 옆에 그게 다 뭐야? 치워!"

저녁 야자 시간, 누군가 내 등짝을 후려치는 바람에 잠에서 깼다. 학생주임이다. 놀라 둘러보니 내 책상 옆으로 종이비행기가 수북하다. 오전에 내가 쪽지로 비행기를 날려 보인 게 화근이 되었다.

'줏대 없이 바로 따라들 하다니…….'

그래도 시계를 보니 위로가 된다. 고맙게도 하루가 다 갔다. 잠이 들면 시간은 내가 모르는 사이에 뭉텅이로 잘려 나가 없어져 버려서 좋다. 어차피 부담스럽기 짝이 없는 시간들이다. 허리를 굽혀 바닥에 널린 종이비행기들을 주섬주섬 줍는다. 족히 노트 한 권 분량은 되는 것 같다. 펴 보지는 않았지만 뻔한 내용들이 적혀 있을 것이다. 내 짝이 몸을 돌리는 척하면서 책상 위에 올려 둔 종이비행기들을 다시 바닥에 쏟는다. 욱하는 맘이 치밀어 눈을 치뜨려는 순간, 내 머릿속에 새로운 아이디어가 기포처럼 터진다.

'좋아!'

난 이제 더 이상 '아무렇지 않은 척하기'를 하지 않을 것이다. 지금부터는 맞불 작전이다. 난 가방 속에 종이비행기들을 집어넣고 교실 문을 나선다. 그때 누군가 어울리지 않는 호의를 베푼다.

"야! 너 미쳤냐? 수업 아직 안 끝났어."

수업종 치기 5분 전이란 걸 모르는 바가 아니다. 난 중앙 계단을 통해 위층으로 올라갔다. 그리고 단번에 넘기에는 약간 버거운 창틀을 통과해서 국기 게양대가 있는 중앙 현관 지붕 위로 나갔다. 여기가 딱 좋다. 바로 아래에 교무실이 있으니까. 물론 극적인 효과를 위해서는 옥상이 좋겠지만 학생들에게 금지 구역이다.

난 그곳에 서서 텅 빈 운동장과 맞은편 아파트 사이로 반쯤 걸린, 까칠해 보이는 초승달을 향해 천천히 숨 고르기를 한다. 내 딴에는 나름 의식을 치르는 것이니 절차가 필요하다. 들숨에 힘을 모으고 날숨에 뱃속에서 뭉쳐진 결연한 의지를 뿜는다. 내가 아무리 아무렇지 않은 척을 해도 아이들의 전의는 수그러들지 않는다. 그러니 이젠 그다음 단계로 넘어가는 수밖에 없다. 새로운 돌파구로 문제를 밖으로 드러내는 방법을 취할 거다. 이제 더 이상 조용히 당하고 있지 않을 테다.

'레츠 고!'

난 지붕 끝에 서서 종이비행기를 날리기 시작한다. 내 손가락 끝을 박차고 허공을 활주로 삼아 종이비행기들이 날기 시작했다. 천천히 허공을 선회하며 아래로 내려가는 종이비행기들의 행렬이 나름 근사하다. 어둠을 가르고 부유하듯 지상으로 낙하하는 하얀 종이비행기들의 존재감이 제법이다. 난 조용히 뇌까린다.

'뿌린 자가 거두리라.'

결자해지(結者解之). 너희가 내게 던진 비행기니 너희가 주워야겠지. 그게 인생 순리다. 아래층에서 창문이 열리면서 아이들의 아우성이 운동장으로 퍼진다. 공부하기 싫어 미치겠는 와중에 교정을 떠다니는 종이비행기는 그들에게 즐거운 사건이 아닐 수 없을 것이다.

"와!"

멀리서 들려오는 아이들의 찬란한 아우성은 정겹다. 하지만 저 애들이 익명의 몰이꾼이 되어 나를 공격한 것을 생각하니 가슴이 먹먹해진다. 내가 왜 아무 이유 없이 아이들의 적이 되어야 하는 건지……. 나도 쟤들과 한편이 되고 싶다. 가슴 한쪽이 면도칼로 도려내지는 듯한 알싸한 기분이 든다. 마지막 비행기를 날리고 돌아서니 창 안쪽에서 누군가 나를 째려보고 있다. 학생주임이다. 막대기로 자기 손바닥을 후려치는 모습이 마치 당장이라도 달려와 나를 잡아갈 기세다. 솔직히 뭐, 놀랍지도 않다. 어차피 내가 의도한 바니까.

쫄지 않기 위해 주문처럼 외운다.

'기필코 서바이벌!'

루비콘 강을 건너다

루비콘 강을 건넜다. 다시 말해 이젠 돌이킬 수 없는 길에 들어섰다는 말이다. 내가 그간 한 달여의 왕따 시간을 '비굴 모드'에 이어 '아무렇지 않은 척하기'로 견딘 데는 나름 이유가 있다. 혹시나 하는 마음에서다. 쌤들의 입에 공공연하게 오르기 전까지 아이들 사이에서 왕따는 때로 거짓말처럼 없던 일이 되기도 한다. 누군가 '아니라더라.'는 말을 돌리거나, 혹은 몇몇 아이가 넘치는 연민으로 왕따를 구해 주기도 한다. 그래서 그걸 바라고 처음에는 비굴 모드를 택했다. 하지만 동정표를 구하기에 내 캐릭터는 너무 강했다.

"불쌍한 척하기? 잔머리가 풍년이네!"

안 먹혔다. 그래서 그다음엔 차라리 아이들의 적의로부터 벗어나기 위해 약간 또라이인 척했다. '난 아무렇지도 않거든.' 하면서 살짝 맛이 간 것처럼 포장을 하면 아이들이 전의를 잃을 거라 예상했지만 그 역시 안 먹혔다. 그래서 정면 박치기를 할 요량으로 비행기를 날렸다. 어차피 이제 없던 일로 돌아가기는 텄으니 확실하게 맞서는 길밖에 없다. 그래서 난 비행기를 뿌리며 이 모든 사실을 만천하에 널리 알리고자 했다. 3단계 정공법. 그렇게 호기롭게 강을 건너긴 했는데…….

"누구야? 나와!"

학생주임의 닦달에 몇몇 애들이 손을 들고 나섰다. 필적 감정을 하네 마네 하는 학생주임의 협박이 먹혔기 때문이다. 몇몇 애들이 교무실을 들락거리며 이런저런 추궁을 받고 급기야 벌점까지 받는 걸 보고 있자니 내 마음이 후련해지기는 했다. 하지만 거기까지가 끝이다. 사실 내가 원한 건 복수가 아니라 명예 회복이다. 만천하에 알려서 문제를 해결하려던 것이다. 하지만 그 어떤 쌤도 내가 처한 상황의 원인을 밝히려는 의지가 없었다. 억울하다며 뻗대는 내게 학생주임은 오히려 들은 소리가 있다며 의혹의 눈길만 날렸다.

"뭐, 하늬? 걔 수첩에 네 이름이 있었다카데? 대충해라 마!"

미치고 팔짝 뛸 일이다. 나를 위해 손발을 걷고 나설 사람은 이 세상에 아무도 없다는 걸 절절하게 깨달았다.

결국 강을 건너면서 얻고자 했던 성과는 별로 없고 보복만 더 심해졌다. 물론 책상 위의 쪽지는 사라졌다. 대신 물증 없는 공격이 시작되었다. 반 아이들이 힘을 합해 날 투명 인간 취급을 하기 시작했다. 나의 꼰지름에 대한 일종의 보복이다.

전에는 주로 뒷담을 깠는데 이젠 나를 코앞에 세워 두고 마치 무슨 행위예술을 하듯 내 욕을 했다. 어쩌면 그렇게 천연덕스럽게 안 보이는 척을 잘하는지. 연기 대상감이 하나둘이 아니다. 이과반이었다면 절대 불가능했을 일이다.

급식실에서 늦은 점심을 먹는데 윤미와 정인이 텅 빈 자리를 두고 굳이 내 앞에 앉아 쌩쇼를 한다. 투명 인간 놀이에 유난히 맛들인 애들이다. 거의 취미 생활이랄까?

"지가 양심이 있으면 병문안이라도 가야 하지 않나?"

"긍까. 찌그러져 있지 않고 어디 겁대가리 없이 종이비행기를 날려?"

"하긴, 개뻔뻔이가 뭔 양심이 있겠냐? 근데 걔 코 손본 거 맞지?"

이젠 인신공격도 서슴치 않는다. 처음에는 발딱 일어서서 나갈까 했지만 생각을 바꿨다. 공연을 하는데 관객이 나가다니! 예의 없는 행동이다. 어차피 정공법을 택한 나다. 얼마나 잘들 하나 볼

심사로 계속 앉아 있는다.

"맞아, 눈도 앞트임을 한 건지 졸라 어색해."

나는 보란 듯이 윤미와 눈을 맞추고 내 코끝을 들어 올려 보인다. 물론 대사는 안 친다. 투명 인간이 그럴 수는 없지. 그러자 당황한 듯 윤미의 눈동자가 약간 흔들린다. 그래서 이번에는 내친 김에 눈 안쪽도 펼쳐 보여 주자 윤미는 어이없단 표정을 짓는다. 그러다가 내가 웃으니 얼른 무표정으로 바꾼다. 그러고는 둘은 또다시 허겁지겁 나를 씹기 시작한다.

쫓아오는 여우를 돌아보고 놀라 허겁지겁 달리는 빈약한 토끼들 같다. 유치하기 짝이 없는 내용이 계속된다. 그러기를 한 5분? 나중에는 소재 빈곤으로 "재수 없어." 소리만 무한 반복을 한다. 나는 지겨워져 테이블 위의 밥풀을 손가락 끝으로 쳐서 날리기 시작했다. 그러자 둘은 대화를 나누면서 몸을 피한다. 한두 번 피하더니 급기야 발악을 한다.

"야! 너 미쳤어?"

내가 이겼다.

괴로운 현실을 잊기에는 뭐니 뭐니 해도 잠이 최고라 일찍 잠자리에 누웠다. 헌데 잠이 안 온다. 학교에서 너무 많이 잔 것 같다. 이리저리 뒤척이는데 학생주임 쌤의 말이 내내 맘에 걸린다. 하늬의 수첩에 내 이름이 적혀 있었다는 말. 대체 걘 왜 내 이름을 적어 둔 걸까? 혹시 내가 별 뜻 없이 말한 걸 듣고 뭔가 크게 오해한 걸까?

과거로 돌아가 기억의 갈피갈피를 뒤적거려 보지만 오해할 만한 일 자체가 아예 없었다. 그렇다면 혹시 누군가 나를 음해한 건 아닐까? 대체 왜 내가 이렇게 억울하게 왕따를 당해야 하는 건지 미칠 노릇이다. 그러다 병문안이 어쩌고저쩌고 하던 윤미의 말이 떠올랐다.

'그래, 서하늬한테 가 보자.'

찾아가서 걔네 오빠나 아빠를 붙잡고 호소라도 하면 혹시 길이 생길지도 모른다는 막연한 희망을 가져 본다.

엄마가 없다더니 역시 하늬의 병실에는 간병인 아줌마만 계셨다. 말이 어눌한 걸로 봐서 조선족 아줌마인 것 같다.

"친구라?"

고개를 끄덕이는 내게 아줌마는 음료수를 쥐어 주며 환하게 웃는다. 다소 민망해지는 대목이었지만 그렇다고 나를 달리 표현할 길이 없다.

"하늬를 괴롭혔다고 오해받고 있는 애예요."

이럴 수는 없는 일 아닌가!

"하늬 학생의 친구는 첨이라요."

마음이 짠했다. 친구가 처음이라니……. 하긴 하늬가 아무 의식이 없으니 이런저런 친구들이 만나러 올 리 없겠지만 그래도 내가 처음이라니! 너무 심했단 생각이 든다. 코끼리 코처럼 길다란 호스를 콧속에 삽입하고 짐짝처럼 누운 하늬를 보니 눈물이 왈칵 쏟아진다. 울음을 삼키려 했지만 그간 나의 설움이 한꺼번에 빗장을 열고 뛰쳐나와 급기야 어깨를 들썩이며 울 지경이 되었다. 하지만 울면서도 속으로는 하늬에게 조목조목 따졌다.

'너 왜 날 엿먹이냐!'

'대체 수첩엔 내 이름을 왜 쓴 거야?'

'일어나라구! 일어나서 뭐라고 해명해 봐!'

맞다! 하늬가 깨어나기만 하면 모든 게 다 해결될지도 모른다. 하지만 다들 하늬가 회복되긴 쉽지 않다고 했다. 비관적이라고 생각하니 더 훌쩍이게 된다.

'뭐야! 왜 물귀신처럼 내 발목을 잡냐구.'

하늬를 위해 운다고 생각한 아줌마가 날 위로한다.

"학생, 괜찮아. 이래 정성을 들이면 털고 일어날 거라. 어린 학생인데 뭐가 문제라고."

그러고는 물수건으로 하늬의 얼굴을 정성스레 닦아 준다. 정성을 들이면 일어난다구? 그래! 내 정성에 하늬가 깨어난다면……

나 역시 누명을 벗게 될 거야. 그런 계산이 서자 당장 하늬를 위해 뭐라도 하고 싶어진다.

"아줌마, 그거 제가 할게요."

물수건을 받아 하늬의 손을 닦아 주기 시작했다. 하지만 마음이 편치만은 않았다. 왜냐하면 하늬에 대한 연민보다 원망이 더 크니까. 그리고 지금부터 회복이 된다 해도 학교에 와서 내 누명을 벗겨 주기까지는 시간이 엄청 걸릴 거다. 그땐 나는 이미 졸업을 했을지도 모르지. 허탈하기 짝이 없는 결론이다.

'대체 이게 뭐 하는 짓이람?'

회의가 물밀듯이 밀려오던 중에 마침 아줌마가 전화를 받으러 밖으로 나간다. 난 잽싸게 물수건을 던져 놓고 의자에 앉았다. 그때였다. 침대 옆 바구니에 유난히 도드라지게 내 눈에 들어오는 물건들이 있었다. 핸드폰과 수첩. 헬로 키티 고리가 세트로 매달려 있는 걸로 봐서 그건 의심의 여지가 없는 하늬의 것이다. 심장이 대책 없이 쿵쾅거리기 시작함과 동시에 이미 내 손은 그것들을 내 가방 속으로 좌표 이동 시키고 있었다. 놀라운 순발력이다. 그리고 내겐 치밀함도 있었다. 난 알리바이를 만들기 위해 떨리는 심장을 억누르며 30분가량 그곳에 더 있었다. 고맙게도 그사이에 옆 침대 할머니의 문병객이 여럿 다녀가 내가 의심받을 확률이 그만큼 줄어들었다.

그리고 병실에서 나오기 직전 예의 바르게 하늬에게 양해도 구했다.

'네 폰과 수첩은 내가 잠시 접수! 왜냐? 잘못된 건 바로잡아야 하니까! 언더스탠?'

병원에서 나오는 길에 다리가 후들거렸지만 이건 엄연히 증거수집이므로 절대 도둑질이 아니라고 결론을 내렸다.

하늬의 폰은 예상대로 완벽한 방전 상태라 켤 수가 없었다. 게다가 내 폰과 달리 아이폰이라 전용 충전기가 없는 한 충전도 불가능했다. 하는 수 없이 나는 하늬의 수첩부터 독파하기 시작했다. 하늬의 수첩은 해독 불가였다. 극히 사적이고도 주관적인 상징물과 기호 그리고 약자로 그득했다. 하늬의 속을 엿볼 수 있을 만한 글이라곤 하나도 없다. 어쩌다 글로 보이는 대목이 나와도 지극히 은유적인 표현이라 눈치로 때려 잡기는 불가능했다. 'ㅋㅋ'와 'ㅠㅠ'로 모든 감정이 대변되었고 사람의 이름은 다 약자로 적었다. 심지어 이모티콘조차 폰 자판에 없는 것들의 생소한 조합이었다. 하늬를 창의적인 아이로 봐야 할지, 자폐적인 아이로 봐야 할지 망설여지는 부분이다.

수첩을 다 본 소감은 한마디로 '빡친다'였지만 그래도 소득은 있었다. 'JSR'이란 영문 이름의 머릿글자가 많이 나오는 걸 발견했다. 하늬네 오빠가 내 이름이 적혀 있다고 주장하는 근거가 바로 이건가 보다. 하지만 그건 얼마든지 다른 아이의 이름일 수도 있는 것인데 JSR을 장서란, 이렇게만 매치시켜 단정을 짓다니. 명청하기 짝이 없다. 짧은 낙서 몇 개와 JSR 옆에 붙은 감정 표현 등을 조합해 봤을 때 하늬는 JSR이란 애한테 휘둘리고 있었던 게 분명하다. 그리고 '몇 년째 지옥'이란 언급으로 유추해 볼 때 하늬가 그 애와 안 지 오래되었단 결론이 나온다.

나는 하늬를 안 지 딸랑 1년도 채 되지 않았다. 이로써 JSR은 내가 아님은 분명해진다. 그리고 사고가 나기 전날도 '2시 맥날 JSR ㅜㅜ'라고 선명하게 적혀 있다. 이건 엄청난 증거다. 난 맹세코 그날 맥도날드에 간 적이 없다. 그날은 친할아버지 제삿날이라 아침나절부터 엄마에게 붙들려 대형마트 구석구석을 쑤시고 다녔던 기억이 선명하다.

헐! 이 정도도 확인을 안 하다니 완전 어이가 없다. 하늬의 오빠는 생긴 것만 멀쩡하지, 정말 나태하고 안일한 사고방식의 소유자다. 어쩌면 친오빠가 아닐지도 모르겠다. 그리고 그날 입었던 명문대 과잠도 가짜일 수 있다. 추측만으로도 열이 올라 주먹을 꽉 쥐게 된다. 한 대 치고 싶단 생각이 들다가도 하늬 오빠의 잘생긴 얼굴을 떠올리니 주먹을 날리는 건 쉽지 않을 것 같다. 내가 이 정도로 외모에 약한 인간이었나 싶어져 새삼 내 자신에게 실망스러워진다.

각설하고, 하늬의 오리발 친구에게 문자 메시지를 날렸다. 일단 간을 보기 위해 찔러 보는 거다.

　　JSR이 누구?

　　뭔 소리?

　　하늬 친구 JSR

　　어디서 들음?

낚였다. 어디서 들었냐고 묻는다는 건 누군지 안다는 소리다. 일단 여기까지! 그러자 오리발이 더 안달이다.

　　어디서 들었냐니까?

난 작전상 문자를 씹는다. 목표를 향해 정확하게 주먹을 써야지, 섣불리 허공에다 주먹을 날리는 건 머리 나쁜 애들이나 하는 짓이다.

다음 날 나는 엄마에게 문구점 알바를 자청했다. 엄마는 생전 안 하던 짓을 하필 모의고사를 앞두고 한다고 또 난리다. 사실 문구점 알바는 절대 하지 않는다는 게 내 원칙이다. 우리 집 알바는 한번 시작하면 코가 꿰일 수 있으니까. 급할 때마다 나를 땜빵으로 쓸까 봐 걱정은 되었지만 오늘은 목적한 바가 있어 어쩔 수 없다. 물론 엄마에게는 핸드폰을 바꾸고 싶어서라고 둘러댔다.

우리 문구점의 주 고객층은 초딩이지만 근처에 중학교도 있고 학원 건물도 있어서 중학생들도 제법 온다. 난 머리핀을 만지작거리는 여중생에게 다가가 일부러 말을 걸었다. 학습용 문구용품을 사는 애들의 경우와 달리 열쇠고리, 액세서리, 머리핀, 이딴 걸 는적는적 구경하는 애들의 경우는 말을 걸면 백발백중 잘 먹힌다. 공부에 뜻이 없는 아이일 확률이 높아 비교적 한가하다. 나비 머리핀이 잘 어울린다고 한참 설레발을 치다가 물었다.

"혹시 친구 중에 진영중 나온 애 있니?"

같은 학군 내에 있는 학교라 동창이 없을 리가 없다.

"있어요. 유은지랑 신희주랑 김경민…… 그리고 또……."

순진하게 이름까지 하나하나 들먹이며 적극적으로 답한다. 난 머리핀에게 천오백 원짜리 머리핀을 천 원으로 깎아 주면서 진영중학교의 교지를 부탁했다.

"내 친구가 짝사랑하는 애가 그 학교를 나왔거든? 교지에 사진이랑 별명, 그딴 거 다 나오잖아? 그래서 보고 싶다구."

이딴 식으로 로맨틱한 이유를 대며 꼬드겼다. 머리핀은 덩달아 설레면서 답한다. 진영중학교는 하늬가 나온 학교였다.

"맞아요."

당장이라도 친구를 수소문할 듯 의욕에 불타 핸드폰을 뒤적거린다. 머리핀이 귀여워 지코의 대형 브로마이드도 하나 줬다. 짱이라며 좋아서 입이 찢어진다.

그로부터 정확히 이틀 뒤, 난 진영중학교 교지를 전해 받았다. 그리고 덤으로 예상치 못한 졸업 앨범까지 받았다. 머리핀 왈, 친구 오빠가 같은 해 졸업생이라 앨범을 업어 올 수 있었다며 호들갑을 떨었다. 난 감격스러워 오리지널 하이테크펜 5색 세트를 삥쳐서 선물로 주었다. 아마 50색이 있었다면 그걸 줬을 거다. 그만큼 고마웠으니까. 덕분에 난 많은 걸 쉽게 알아낼 수 있었다.

일단 하늬랑 같은 반이었던 애들 중에서 영문 이름의 머릿글자가 JSR인 애들을 색출해 냈다. 생각보다 많지 않았다. 1~3학년을 통틀어 다섯 명이었는데 그중 두 명은 남학생이라 일단 열외로 두었다. 수첩 메모 중 'JSR 나쁜 계집애'라는 표현이 있었으니까. 물론 JSR이 같은 반 아이가 아닐 확률도 있다. 하지만 내가 알기에 하늬는 활동 반경이 넓은 아이가 아니라서 반 친구일 확률이 높다. 그리고 빠른 길부터 시작하는 게 효율적일 것 같아 일단 세 명을 먼저 예의 주시했다.

진선린, 장수라, 주수림. 이 세 명 중 특기할 만한 애가 있었는데 그건 바로 주수림이다. 하늬와 2, 3학년 연거푸 같은 반이었고 앨범에는 하늬와 같이 찍은 사진까지 있었다. 졸업 앨범 안에 있는 소그룹들이 찍은 스냅 사진인데 내가 알기로 이 스냅 사진은 친한 애들끼리 모여서 찍는 거라 JSR이 아닐 수도 있단 생각이 들었다. 반면 역으로 생각하면 가까이 지냈던 애라 하늬를 괴롭힐 확률이 더 높을 수도 있다.

사진은 교정 화단 앞에서 찍은 것으로 하늬, 오리발, 주수림을 포함해서 여섯 명이 각자 포즈를 취하고 있다. 사진 속에서도 하늬만 일자로 선 다소곳한 자세이고 나머지 애들은 각각 개성 있는 포즈를 취했다. 물론 설정일 수도 있지만 사진 속에서조차 수림이는 하늬에게 위협적인 손가락질을 하고 있어 다시 보게 되었다. 헌데 더 놀라운 것은 그중의 다른 한 명도 이미 내가 아는 애라는 사실이다. 앞머리가 촌스럽게 말려 있어서 처음에는 몰라봤는데 이름을 확인하니 맞다. 바로 송윤미였다.

'뭐야? 얘네 같은 반이었어?'

여러 가지 생각으로 머릿속이 복잡해진다. 일단 윤미는 하늬에 대해 전혀 아는 바가 없다고 했었다. 전에 수행 평가를 할 때 내가 하늬를 씹으면서 분명히 걔에 대해 물었는데 자기는 걔에 대해 아는 바가 전혀 없다고 힘주어 말했었다. 스냅 사진을 함께 찍었으면서 말이다. 아니, 어떤 이유로 어쩔 수 없이 함께 찍은 거라면 적어도 같은 중학교와 같은 반 출신이란 소리 정도는 했어야 한다. 하지만 윤미는 하늬가 사고를 당한 뒤에도 시종일관 개에 대해서 '아는 바 없음'으로 일관했다.

의구심 때문에 교지를 다시 뒤적거려 보니 놀랍게도 윤미 역시 하늬와 2, 3학년 때 같은 반이었다. 그렇다면 하늬, 수림, 윤미, 이렇게 세 아이가 2년 동안 같은 반이었다는 소리다. 물론 속단은 금물이다. 3년 내내 같은 반이어도 성향이 다르면 전혀 모르고 지내는 수가 있다. 하지만 아무리 그래도 연구 대상임에는 틀림없다.

그리고 하늬의 단짝, 오리발 이시영도 마찬가지다. 전에 만났을 때도 우리 학교 애들 중 아는 사람은 하나도 없다며 딱 잘랐었다. 물론 그건 귀찮아서 모른 척했을 수도 있다. 그러나 하늬와 그렇게 친했다면서 병문안조차 한번 안 갔다는 것은 수상한 대목이다.

나의 복잡한 머릿속을 한 방에 풀어 줄 수 있는 건 하늬의 핸드폰일 것 같다. 나는 하늬 폰을 들고 근처 핸드폰 대리점에 가서 충전을 구걸하여 켤 수 있었다. 하지만 어이없게도 하늬의 폰에는 모든 것이 지워진 상태였다. 홈 화면과 잠금 화면의 하늬 사진과 하늬가 다운로드 받은 듯한 시시한 앱들만 살아 있고 나머지는 거의 초기 설정 상태였다. 사고가 난 뒤 누군가 작정을 하고 지우지 않고서야 이럴 리가 없다. 이렇게 생각하니 마음이 더 복잡해진다.

하늬의 페이스북도 찾을 수 없었다. 가입을 하지 않은 건지 아니면 탈퇴한 건지 그것도 미지수다. 아무튼 나는 완전히 김이 빠져 이제부터 뭘 해야 하나 막막해졌다.

주수림을 심중에 두고 하늬의 폰에 있는 흔적들을 빌미 삼아 윤미와 시영을 추궁하면 누명을 벗을 수 있지 않을까 하는 희망에 마음이 간질간질했었는데 모든 게 수포로 돌아간 것 같다. 그렇다고 섣불리 주수림과 JSR을 연결시켜 추궁하는 것도 위험한 일이라 조심스럽다. 증거를 찾아야 한다. 시영에겐 차차 더 묻기로 하고 이번에는 윤미에게서 뭔가를 캐내야 한다. 그렇다고 시영에게 한 것처럼 대놓고 묻는 일은 위험하기 때문에 난 멀찍이서 변죽을 울리는 방법을 택했다.

나는 다른 날보다 일찍 등교해서 윤미의 책상 위에, '주수림'이라고 적은 포스트잇을 붙인 노트 한 권을 올려놓았다. 물론 새 노트다. 처음에는 초콜릿이나 책 등등 이런저런 걸 생각해 봤는데 특정한 의미로 해석될 수 있는 물건은 오히려 의심을 받을 여지가 있어 차라리 빈 노트를 놓았다. 물론 포스트잇에 쓴 글씨도 글씨체 때문에 일부러 정자체로 인쇄된 글씨를 아래에 대고 베끼는 식으로 적었다. 윤미의 반응만 보자는 계획이다. 주수림이란 이름을 보고 어떤 식으로 대거리를 하느냐가 내게는 중요한 정보가 될 수 있을 테니까.

고맙게도 윤미는 늦게 등교했다. 아이들이 복잡거리는 와중에 교실로 들어온 윤미는 정인과 떠들다 말고 노트를 발견하고는 무성의하게 노트를 펼쳐 본다.

"주수림?"

떨리는 순간이다. 난 호흡을 멈추고 핸드폰 액정 화면에 비친 두 아이의 실루엣을 훔쳐보면서 그들의 대화에 귀를 기울였다.

"주수림? 사람 이름이야, 뭐야?"

"그러게? 이 노트는 뭥미? 빈 거잖아."

윤미는 노트를 팽개치고 다시 정인과 떠들기 시작한다. 헉! 모든 것이 일시 정지가 된 기분이다. 내 머릿속에는 0.2밀리미터짜리 테크노펜으로 그린 마구 엉클어진 선 같은 혼돈이 가득 차기 시작한다. 절대 실마리를 찾지 못할 혼돈.

'사람 이름이냐니?'

나는 당장 집으로 뛰어가 앨범을 다시 열어 보고 싶을 지경이었다. 내가 본 사진 속 윤미가 저 윤미가 아닌가? 분명 송윤미였는데, 내가 다 헛짚은 건가? 그렇담 JSR은 주수림이 아닌 다른 아이일까? 얼마나 머릿속이 혼란스럽던지 반 아이들이 나를 투명 인간 취급하는 것조차 전혀 의식하지 못하고 하루를 보냈다.

하지만 깊은 밤에 잠을 걸어 두고 찬찬히 생각해 보니 내가 윤미에게 또 당한 것인지도 모르겠다. 잘 뛰고 있다고 스스로 자부

했지만 윤미는 여전히 내 머리 위를 날면서 나를 조롱하고 있는 것인지도 모른다. 컴퓨터를 켜고 페이스북을 뒤졌다. 반 아이들 여러 명의 페이스북을 거쳐 윤미의 친구 목록을 찾을 수 있었다. 그리고 거기에 주수림이 있었다. 그럼, 그렇지! 한참을 뒤지니 이시영도 나왔다.

난 무릎을 쳤다. 윤미가 단기 기억상실증에 걸린 게 아닌 다음에야 절대 주수림이 사람 이름이냐는 질문을 할 수는 없는 거다. 바꿔 말하면 그 질문은 누군가 들으라고 의도적으로 한 것이고 그 누군가는 바로 나다. 그리고 그 말인즉 윤미와 시영이 내통하는 사이라는 얘기다. 내가 JSR이 누구냐고 추궁한 일을 시영이 윤미에게 이야기한 것이 분명하다. 그렇지 않고서야 윤미가 들으란 듯이 "주수림이 뭐야? 사람 이름이야?" 같은 이딴 소리를 할 리가 없다. 굳이 주수림을 부인한다는 건 결국 JSR이 주수림이 맞다는 뜻이다. 그러므로 내 추측이 들어맞았다는 사실에 자부심을 가져도 된다. 역시 난 머리가 좋다. 비록 왕따는 당하지만.

내 추측은 이렇다. 하늬와 수림과 윤미와 시영, 네 아이는 친했었고 어떤 이유에서인지 하늬가 그 아이들로부터 거세된 것이다. 그 중심에 수림이 있고 결국 하늬는 수림이 때문에 극단적인 선택을 하게 되었을지 모른다. 그리고 윤미와 시영은 방관자이거나 혹은 조력자일 테고 혹은 공범인지도 모른다. 그러다가 하늬가 사고를 당하는 바람에 세 아이는 수림의 존재를 숨기려고 나에게 화살을 돌렸을 테고 난 어이없게 가해자가 된 것이다. 단지 주수림과 이름의 이니셜이 같다는 이유로.

내 추측이 맞다는 증거는 없지만 그렇다는 전제하에 이런저런 생각을 하느라 잠을 이룰 수 없었다. 대체 걔들은 무얼 감추고 싶어 하는 걸까? 그리고 하늬는 뭣 때문에 괴롭힘을 당하다가 결국 극단적인 행동을 하게 된 걸까? 친구를 궁지로 몰 수밖에 없었던 적의는 무얼까? 그 적의는 무엇으로 만들어졌을까? 혹시 지금 내가 당하는 것처럼 실체도, 근거도 없는 그 무엇 때문이 아니었을까?

그러다가 불현듯 내 추측에 구멍이 보여 생각을 멈춘다. 만약 주수림이 진짜 JSR이라면 하늬는 무슨 이유로 전학을 선택했을까? 하늬가 전학을 가야만 하는 이유가 우리 학교 내에 있어야 하는데 주수림은 우리 학교 학생이 아니었다. 그렇다면 내 추측이 틀린 것인가? 그럼 혹시 하늬를 괴롭힌 애는 윤미?

깊은 밤, 짝이 제대로 맞지 않는 퍼즐 조각을 들고 쩔쩔매는 내 자신이 측은해진다. 하지만 분명한 건 내가 여기서 멈추면 난 계속 왕따로 남을 거라는 사실이다. 하늬와 관련된 이야기 역시 계속 나를 따라다닐 것이고 내 인생의 주홍글씨가 될 수도 있다. 그러므로 나를 보호하기 위해서라도 난 움직여야 한다.

강을 건너는 자만이 강 건너의 세상을 볼 수 있다. 그런 의미에서 난 또다시 강을 건널 것이다. 확실한 물증은 없지만 내가 가지고 있는 빈약한 정황을 들고서라도 오픈할 것이다. 한쪽 물꼬를 터뜨리면 나머지도 연쇄적으로 터져 나올 거란 확신을 가지고 하늬의 오빠에게 문자 메시지를 넣었다. 물론 수림, 윤미, 시영, 그 아이들이 어떻게 나올지 겁이 난다. 그럼에도 불구하고 난 한 발을 내디딘다.

그렇게 나는 또 강을 건넌다.

로그아~웃

그만해.

'하늬에 관해 말씀드릴 게 있어요.'라고 보낸 내 메시지에 하늬네 오빠는 이렇게 답했다. 그만하라니? 어이가 없다. 말씀을 '해달라'도 아니고 '묻겠다'도 아니고 내 쪽에서 '드린다'는데 그만하라니! 뭔 소리람? 어의 전달에 착오가 있나 싶어 느낌표 세 개를 찍어 다시 보낸다. 느낌표 세 개는 집중하라는 일종의 경고성 부호다.

하늬에 관한 진짜 중요한 이야기라니까요!!!

답이 없다. 좀 황당하다. 설마 씹나? 아니지. 무슨 이유가 있겠지, 하면서 기다렸다. 다음 날 점심시간까지. 그런데도 답이 없어 전화를 했는데 받지를 않는다. 내 폰이 정액제라 금방 끊긴 했어도 두 시간 간격으로 세 번이나 걸었다. 그렇게 밤이 되었는데도 무반응이다. 어딘가에 인질로 잡혀 있지 않은 다음에야 답을 주지 않을 이유가 없다. 이건 통화하고 싶지 않다는 명백한 의사 표현이다. 뭐야, 진짜 오빠 맞아? 또다시 의아한 맘이 든다.

하는 수 없이 다음 날, 하늬가 입원한 병원을 찾아갔다. 문구점에서 알바한 돈으로 꽃까지 샀다. 없는 형편에 정말 무리한 거다. 어차피 하늬는 모르겠지만 거대한 섭리를 움직이시는 누군가가 날 좀 잘 봐주시지 않을까 하는 마음이 있었다. 일종의 전방위적인 뇌물이다.

병원에는 여전히 간병인 아줌마만 계셨다. 하늬네 식구들은 왜 아무도 안 오냐는 내 질문에 아줌마는 작정을 하고 분개하신다. 킹콩처럼 콧김까지 뿜으셨다.

"이상한 집이야. 어떻게 사람이 코빼기도 안 보이나?"

아줌마 왈, 간병인 협회에서 알선을 받아 병원에 온 뒤로 하늬네 식구들을 제대로 본 적이 없단다. 듣기로는 하늬의 엄마는 돌아가시고 아빠랑 오빠만 있나 본데 두 사람 모두 데면데면하다며 고개를 흔든다. 그러면서 어딘가에 주소가 적힌 쪽지가 있을 거라고 서랍을 뒤적거리신다. 그래서 간신히 하늬의 오빠와 만날 수 있었다.

패스트푸드점에 마주 앉자마자 나는 일단 내가 아는 사실을 허겁지겁 토해 냈다. 내 이야기가 끝나자 오빠는 나를 빤히 바라본다.

"어디까지나 네 추측이라며?"

"근데 추측일 수만은 없는 증거들이 있잖아요."

"글쎄……."

상당히 비협조적이다. 초반부터 삐딱선을 타고는 오히려 나를 의심하는 눈초리로 바라본다. 이런! 번번이 허탕을 치는 기분이다. 강을 건널 때마다 헛물을 켰구나 하는 허탈함이 든다. 하늬네 식구들한테 입만 뻥끗하면 나머지 뒷이야기는 그쪽에서 알아서 찾아 주겠거니 기대했다. 그래서 '굿이나 보고 떡이나 먹으면 되겠군.' 했는데 그게 아니다. 비록 추측이란 단서가 붙기는 했어도 나름 근거를 가진 이야기인데도 내 말에 하늬네 오빠는 전혀 놀라는 기색이 아니다.

"혹시 주수림이란 아이를 아세요?"

내 질문에 귀찮다는 듯 고개만 가로젓는다. 윤미와 시영이도 아냐고 묻고 싶었지만, 눈동자가 산만하게 흔들리고 더 이상 내 말에 집중하지 않는 것 같아 참았다. 내가 고등학생이라고 완전 무시하는 눈치다. 그러고는 오히려 핸드폰 이야기로 날 추궁한다.

"근데 이걸 왜 네가 갖고 있어?"

늘 자기가 하고픈 말만 하는 스타일이다. 열 받는다. 나도 대답 대신 궁금한 걸 먼저 묻는다.

"폰 안의 내용이 다 지워졌더라구요?"

"그래?"

"열어 본 적도 없으세요?"

"설마."

"폰 정말 안 보셨어요? 누군가 일부러 지운 것 같던데……."

"사고가 난 뒤 경황이 없어 한참 뒤에야 친구들한테 건너건너 하니 물건을 전해 받았는데…… 그때 누군가의 손을 탔나 보네."

"손 탔다는 게 지웠단 소리죠? 근데 왜 지운 걸까요?"

"뭐…… 자기가 그 폰을 쓰려고 다 지웠나?"

"아니에요! 그랬다면 배경 화면 사진부터 지웠겠죠. 이건 누군가가 의도적으로 내용을 지운 거라구요. 뭔가를 숨기려고."

'아니에요'라며 단호하게 말을 자른 게 심히 거슬렸나 보다. 날 비꼰다.

"너 탐정 놀이 하니?"

놀이라니? 지옥에 있는 나한테 놀이라니? 머리털을 싹 다 뽑아 놓고 싶었지만 참는다. 굿이나 보고 떡이나 먹을까 했는데 떡은 바랄 수도 없고 굿마저도 펼칠 의사가 없어 보이니 내 쪽에서 잘

구슬려 협조라도 하게 만들어야 한다.

"오빠! 저는 제가 하늬를 괴롭히지 않았다는 걸 밝혀야 해요."

"근데…… 우린 누구인 게 중요하지가 않고 하늬의 회복이 중요해. 그러니까 더 들쑤시지 말자. 안 그래도 정신없어."

나름 호소력 있게 이야기한답시고 '오빠'를 힘주어 불렀고, 눈도 예쁜 척하며 깜빡거렸건만 완전 헛일이다. 한마디로 '너는 너, 우린 우리'로 갈라 먹기를 한다. 이기적인 사람이다.

"동생이 왜 저렇게 된 건지 안 궁금해요?"

"그래 봤자 애들끼리 쌈박질한 걸 텐데, 그걸 안다 한들 이제 와서 뭘 어쩌니? 누가 떠다민 것도 아니고 저 혼자 뛰다가 사고가 난 걸 누굴 탓해! 그리고 우린 거기에 신경 쓸 여력이 없어."

"하늬는 병원에 팽개쳐 두고 뭐…… 하는 것도 없으면서……."

오빠의 머리털을 뽑을 수 없으니 말도 곱게 나오지 않는다. 억지로 막으면 뿜게 되어 있나 보다.

"아니, 그럼 온 가족이 병원에 매달려 있어야 해? 각자 인생이 있는 건데? 의식도 없는 애 얼굴을 들여다보고 있음 뭐 하냐고!"

어찌나 무섭게 화를 내던지 차마 다음 말은 못 이었다. 하지만 내 생각은 그렇다. 가족이 뭐야? 아무리 각자의 인생이 있어도 가족 중 누군가 고통을 받으면 왜 이 지경까지 된 건지 정도는 알아야 하는 것 아닐까? 얼마 전 논술 숙제로 읽은 카프카의 『변신』이란 소설이 생각난다. 어느 날 갑자기 벌레로 변한 주인공을 나 몰라라 하던 식구들. 결국 쓸쓸히 죽어 가던 삽화 속 주인공이 떠오르고 거기에 하늬의 얼굴이 겹쳐진다.

"그만해."

오빠가 총정리를 한다. 내가 추측이 아니라 백 퍼센트 완벽한 증거를 들고 나왔어도 저렇게 말했을 거란 생각이 든다. 비겁한 캐릭터다. 역시 내 생각이 맞았다. 겉만 번드레한 나태하고 안일한 놈! 욕이 절로 나온다. 전에 학교를 찾아온 것도 결국 가족 코스프레를 하기 위해서였다. 아니면 하늬 아빠가 가 보라고 시켜서 마지못해 온 거겠지.

"알았지? 그만!"

나는 일단 고개를 끄덕이는 척한다. 오빠는 돌아가야겠다고 작정한 듯 테이블 위의 쟁반에 콜라 컵과 냅킨 등을 정리한다. 난 그 사이에 생각을 정리한다.

'이제 이 일은 백 퍼센트 내 몫으로 넘겨졌다. 동생 일도 덮자는데 내 누명을 벗기는 일에 힘을 쏟을 리가 없다. 고로 나 혼자 해야 한다.'

오빠가 쟁반을 치우러 간 사이 나는 잽싸게 하늬의 수첩과 폰을 내 가방에 처넣고 후다닥 토낀다.

"야!"

'나 잡아 봐라!' 하며 메롱이라도 하고 싶다. 하지만 오빠는 날 잡는 일조차 귀찮아서 안 할 거다. 어차피 각자의 인생을 산다니까 동생 일에 달리기씩이나 하겠냔 말이다. 누군가를 위해 슬퍼하고 공감해 주는 일이 이렇게 힘든 일인지 정말 몰랐다. 허탈하고 가슴이 쓰린 밤이다.

마을버스 뒷좌석에 앉아 하늬의 폰을 켜 본다. 화면 속 하늬의 얼굴이 유난히 슬퍼 보인다. 다음에 병원에 가게 되면 진심을 다해 하늬의 얼굴을 닦아 주리라.

"밥 생각 없는데요?"

"밥을 생각으로 먹냐!"

집에 들어서자마자 아빠는 지적질이다. 이래서 집이 싫다. 밥 생각이 없는 건 친할머니의 기도문 때문이다. 엄마가 외할아버지 문병차 캐나다에 가셨기 때문에 엊그제부터 친할머니가 우리 집에 와 계신다. 덕분에 식사 전에는 반드시 엔들리스 기도문을 들어야 한다. 저녁이라고 알량한 누룽지탕이 전부이건만 기도는 왜 이리 긴 건지 토가 나올 지경이다.

"주님께서 우리 가정에 만복을 내려 주시고 우리 집 가장 장희남에게 건강을 허락하시어 사업이 번창하도록 도와주시며 또 장서란이가 학업에 매진하며 늘 바른 길만 따라 걷게 해 주시길 허락해 주시고."

들을수록 짜증 나는 기도문이다. 초지일관 바라는 것만 늘어놓으신다. 주고받는 게 있어야지, 어떻게 나 좋자는 말만 계속할 수 있는 걸까? 게다가 허락을 해 달라는 사람답지 않게 상당히 위압적인 말투다. '……주시고!' 하는 식의 명령조 말투가 무한 반복되는 기도문이 며칠째 낭송되고 있다.

"그리고 진주서 한의원을 하는 장희철이네 집에도 (삐릭!) 서란아, 핸드폰 꺼라…… 건강과 부를 허락하시고 삐 동에 내놓은 상가도 언능 팔리게 해 주시며 (삐릭!) 아, 가시나! 언능 안 끄나?"

친할머니가 세상에서 제일 싫어하는 것은 기도의 흐름이 끊기는 거다. 아빠가 날 보며 눈에 힘을 준다. 눈알이 튀어나오기 일보 직전이다. 놀라 주머니 속 폰을 꺼냈다. 무음 설정이었다.

"제 거 아닌데요?"

"내 건 가게에 있다."

그러고 보니 내 가방 속에 든 하늬의 폰이다. 이상하다. 그동안 한 번도 입을 열지 않던 폰인데…… 자기가 살아 있음을 알린다. 하늬가 가입한 온라인 카페에서 쪽지가 왔단다.

아빠가 들이닥칠지 몰라 방문을 잠그고 자는 척을 한다. 왜 남의 폰을 들고 다니냐며 한 소리 했으니 2차 훈계를 위해 방으로 뛰어들지 모른다. 친할머니를 닮아서 아빠 역시 잔소리를 무한 반복

하는 스타일이다. 그리고 2차 훈계는 기본이 30분 이상이다. 절대 마주쳐서는 안 된다.

이불 속에서 하늬의 폰을 본다. 하늬 폰에 이메일이 로그인되어 있었던 건 알고 있다. 이미 뒤적질도 다 끝낸 상태다. 스팸 메일만 가득해서 거의 자동 폐쇄 직전이다. 대청소를 안 하는 스타일인가 보다. 물론 온라인 카페도 뒤져 봤다. 메일과 카페는 세트 메뉴니까. 헌데 가입한 카페만도 수십 개인 데다 제목을 훑어 보니 영양가 있는 카페는 하나도 없었다. 동창 카페라도 있었다면 들어가서 둘러봤을 텐데 그런 건 없었다. 쿠키, 유머 나라, 다이어트, 연예인 팬 카페, 뽀샵 나라, 수능 학습 관련, 야식, 네일아트, 코스프레, 마술, 성형 등등. 주제는 여럿이었지만 한두 군데 들어가 보니 가입만 하고 거의 방치한 상태였다. 그래서 대부분 접근 제한에 걸려 있었고 나도 더 이상 관심이 생기지 않았다.

쪽지를 보낸 곳은 '기억의 창고'라는 독특한 이름의 카페였다. 물론 다른 카페에서도 쪽지가 와 있긴 했는데 유독 이것만 알람이 울렸다. 설정이 그렇게 되어 있나 보다. 그곳에서 날아온 쪽지는 초대장이다.

두 번째 기억 이식에 당신을 초대합니다.

기억 이식이라니? 처음에는 오타인가 했다. 아니면 의과 대학 생들이 운영하는 카페에서 잘못 보낸 것이거나. 여하튼 '기억의 창고'라는 제목만으로 충분히 흥미진진한데 기억 이식이라니? 진 즉에 발견했더라면 제목만으로도 궁금해 뒤적질을 했을 거다. 헌 데 즐겨 찾는 카페 목록에 없었기 때문에 미처 발견하지 못했던 것 같다. 전체 공지 쪽지라는데 아무리 봐도 내용이 너무 황당무 계하면서도 판타스틱하다. 내 안에서 정체불명의 설렘이 들썩인 다.

카페 공지사항에 적힌 대충의 개요를 읽어 본 바로는 '추억으 로 간직할 수 있는 기억이 없다면…… 그런 따스한 기억을 이식해 주는 카페'라고 한다. 그리고 '그 이식은 개인의 삶의 질을 높이기 위한 것도 있지만, 우선 치유가 목적이며 궁극적으로는 건강한 사 회 구성원을 만들기 위함'이라는 거창한 취지도 내걸고 있다.

취지가 너무 거창해서 처음에는 혹시 다단계가 아닐까 의심했 다. 뇌 이식을 빌미 삼아 머리통에 전자파 차단기 내지는 전자 효 과음 센서 같은 걸 부착해 주면서 궁극적으로는 기계를 팔아먹는 장사꾼들 말이다. 하지만 전체적인 분위기는 상업적이지 않다. 카 페마다 붙는 저렴한 홍보성 글귀도 없고 그 흔한 배너 광고도 없 다. 암튼, 뭐 이런 카페가 있나 싶다. 완전 궁금하다. 하니 일과 상 관이 없어도 충분히 내 호기심을 자극할 만하다. 회원 수는 고작

45명이고 개설일도 2년이 채 안 되었다. 공지방, 기억 이식방, 체험 후원방, 체험 대여방, 비포 앤 애프터. 방 제목까지도 희한하다.

하지만 안타깝게도 아무것도 볼 수 없었다. 어떤 방을 노크해도 '회원님, 다시 등업하세요.'라는 메시지만 뜬다. 하긴 그간 하늬가 들락거리지 못했으니 그럴 만도 하다. 아무튼 등업을 하고 싶은데 어디에도 등업에 관한 공지사항이 보이지 않는다. 나는 할 수 없이 가입 인사란에 글을 올렸다. 제발, 부디 등업을 부탁하노라고.

지금 내 앞에 남은 중요한 과제는 진짜 JSR을 찾는 일이다. 그러기 위해서는 진짜 여부를 확인하기 위해 주수림을 찾아야 한다. 하늬와 같은 중학교 출신이야 우리 학교에 널렸지만 차마 묻지 못한다. 투명 인간이 어떻게 질문을 하겠느냔 말이다. 그리고 투명 인간이 입을 떼면 반드시 그 사실은 윤미의 귀에 들어가게 마련이다. 할 수 없이 머리핀에게 문자를 넣었다. 앨범 주인에게 주수림에 대해 물어봐 달라고. 10분 후 답이 왔다.

ㄴㄴ

물어보기 싫다는 소리인지 모른단 소리인지 모르겠지만, 그냥 나도 하고픈 말만 한다. 하늬네 오빠한테 배웠다.

그 오빠만 말고 오빠 친구들에게도 물어봐 주라.

앙대요.

왜?

그 친구랑 싸웠쪄여.

역시 중딩이라 변수가 많다. 정말이지 웬만하면 중딩이랑은 상종을 안 하는 게 상책이다. '중2병'이 괜한 말이 아니다. 하지만 아쉬울 땐 해야 한다. 중딩조차 아쉬울 때가 있기 마련이니까.

알바인 셈 치고 해 주라. 편의점 수준으로 줄게.

넹넹 ㅋㅋㅋㅋ

그런데 한 시간 뒤 문자가 온다.

주수림이 뭥미?

확실히 응용력이 떨어지는 애임에 틀림없다. 진영중학교 교지, 졸업 앨범, 친구 오빠. 그동안 밝혀진 사실만으로도 주수림이 뭔지 정도는 충분히 유추가 가능해야 한다고 생각한다. 이건 응용력의 문제가 아니라 지능의 문제다. 어차피 머리가 안 좋을 것이라 추측했던 바라 실망하지 않고 구체적으로 주문을 적는다.

진영중 출신 주수림, 지금 어느 고등학교 재학 중인지. 어떤 앤지, 친한 친구는 누군지, 어디 사는지, 가능하면 폰 번호까지.

그리고 대체로 응용력 나쁜 애들이 개기는 실력은 뛰어나기 때문에 알아 오는 범위에 따른 알바비까지 구체적으로 적었다.

주수림을 찾은 뒤에는? 그다음은 나도 모르겠다. 만약 주수림이 JSR이라면? 그다음에는 어떻게 해야 하나? 그것 또한 모르겠다. 다짜고짜 '너지!' 하고 멱살을 잡을 수도 없고 설사 주수림이 '맞다, 나다!' 한들 또 어쩌겠는가? 수사를 의뢰할 데도 없고 학교에 이야기할 쌤도 없고 그렇다고 하늬의 오빠에게 이야기할 수도 없다. 벽보를 붙일까? 진실을 구구절절 적어서 교문에 붙이면 나의 명예가 회복될까? 아니다. 아마 애들은 읽기도 전에 떠들어 댈 거다.

'애쓰네!'

'발악 쩐다.'

'다구리 놓을 땐 언제고? 아주 소설을 써요.'

물론 읽고 나서도 똑같은 말을 할 거다. 내가 잘 안다. 예를 들어 이런 식이다. 어떤 연예인이 안 좋은 일에 휘말린 뒤 악플 세례를 받는다. 그런데 그 연예인이 억울하다며 소송 운운하는 기사를 내고 곧이어 진짜로 그 억울함이 밝혀져도 열의 아홉은 전과 후가 전혀 다르지 않은 악플을 단다.

이런! 제가 오해했군요. 막말한 거 진심 사과합니다.

이런 리플은 세상에 없다. 대신 '기획사에서 막아 줬나 보네.', '과연 그럴까?', '이런 식일 줄 알았으~' 등등의 댓글이 달릴 것이다. 다들 악의를 어디다 부려 놓지 못해 안달이 난 사람들 같다. 그렇다면 내가 뭐 하러 이 짓을 하는 건지 모르겠다. 회의감이 주기적으로 쓰나미처럼 밀려오지만 그래도 안 할 수 없다는 생각이 운명처럼 나를 꽉 조인다.

야자 시간에 무릎 담요를 뒤집어쓰고 엎어져 자는데 꿈을 꿨다. 키가 장대처럼 큰 주수림이 면도칼을 씹어서 나에게 뱉는다. 아몬드 시리얼처럼 잘려진 면도칼이 내 얼굴에 박혀 나도 모르게 비명을 지르며 잠에서 깼다.

"악!"

깨는 순간 주위를 의식한다. 담요를 걷고 일어나는 시점을 언제로 해야 할까 망설인다. 웬만하면 애들이 키득거리기라도 할 법한데 주위가 너무 조용하다. 여전히 투명 인간 놀이를 하나 보다. 역할 놀이에 성실한 반 애들한테 감탄한다. 난 천천히 담요를 걷고 일어난다. 헉! 둘러보니 아무도 없다. 텅 빈 교실에 나 혼자다. 꿈보다 더 무서운 현실이다. 물론 투명 인간인 나를 깨워 줄 리 없었겠지만 그래도 다들 정말 너무하다. 가슴에 물파스라도 바른 것처럼 싸하다.

모두가 사라진 교실은 정말 무섭다. 큰 소리로 울고 싶은데 투명 인간이라 울면 안 된다. 어쩌면 난 진짜 투명 인간인지도 모르겠다. 세상으로부터 로그아웃 당한 투명 인간.

지친 몸을 이끌고 간신히 집에 들어왔다. 현관 거울 속에 내 모습이 비춰지는 게 차라리 신기하다.

'땡! 거울, 너 틀렸거덩! 나 투명 인간이거덩!'

나름 거울을 상대로 유머를 친다. 거울은 내 유머를 받아칠 능력이 없는지 여전히 멀쩡하게 나를 비춘다. 거울 속의 내가 안쓰러워 보인다. 안아 주고 싶을 만큼. 그때 불현듯 기억을 이식해 주다던 카페가 떠올랐다. 난 허겁지겁 방으로 뛰어 들어가 서랍 속

하늬 폰을 꺼낸다. 하늬에 관해 뭘 캐겠다는 의도가 아니다. 바로 지금의 내가 따스한 기억을 이식받고 싶은 욕구로 절절한 사람이기 때문이다. 그런데 핸드폰을 켜자 화면에 안내 문구가 뜬다.

등록이 필요합니다.

앗! 이건…… 하늬네 오빠는 돌머리가 아니라는 증거다. 폰을 들고 튄 나를 위해 폰을 해지시켜 버렸다. 그래도 와이파이가 잡혀서 인터넷은 된다. 혹시나 하는 마음에 사이트에 접속하자 당장 로그인을 하란다. 아니면 꺼지란다.

또 로그아~웃이라니!

끼리끼리 코끼리를 구출하라

안여멸, 서린고 자퇴. 쎈캐, 오바녀, 노친친

머리핀이 결과물이라며 내게 보낸 문자 메시지다. 우선 주수림이 자퇴했다는 것이 영 마음에 걸린다. 상대가 쉽지 않다는 소리다. 그래도 퇴학당한 게 아니니 좀 낫다. 그리고 쎈캐? 물론 '센 캐릭터'니까 오버도 하고 결국 자퇴도 했겠지. 그러니 친한 친구도 없을 테고. 근데 안여멸이라니? '안경 쓰고 여드름 바가지에 멸치처럼 말랐'단 소린데 쎈캐와 앞뒤가 맞지 않는다. 아무튼 자세한 이야기를 듣고 싶어 머리핀에게 전화를 했는데 받지 않고 문자만 날린다.

ㄴㄴ **잘 거임.**

도무지 소통하고자 하는 의지가 없다. 지금 내 심정으로는 머리핀과 사이좋게 지내면서 내 '꼬붕'이라도 삼아 의지하고 싶은데 그럴 여지조차 안 준다.

'어휴! 고약한 중딩.'

중딩들은 뭐든 토막토막 자기네 하고픈 말만 한다. 친할머니는 내가 그런다고 투덜대시지만 그건 모르는 말씀이다. 난 요즘 중딩들과 비교하면 하느님이다. 걔들은 진짜 장난이 아니다. 필요한 부분만 부위별로 잘라 파는 슈퍼마켓의 고기 같다. 늘 생뚱맞고 영혼도 없고 감정의 손잡이 부분이 없어 어딜 잡아야 하는 건지도 모르겠다. 외계인 이티(ET)와는 손가락 끝으로라도 정이 통하는데, 중딩은 그럴 수 있는 부위가 아예 없다.

'의지는 개뿔!'

답답한 맘에 나도 모르게 중얼거린다. 물론 나도 안다. 그건 무리라는 걸. 바랄 걸 바라야지. 의지는 서로 마음으로 씨실과 날실처럼 엮인 사람들에게나 가능한 일이다. 물론 '윈윈(Win Win)' 관계일 경우 필요에 의해서 서로 의지를 한다. 하지만 그건 필요가 다하면 허무하게 깨지기 마련이니 진정한 의지라 할 수 없다. 머리핀은 그냥 자판기 같은 알바일 뿐이다. 넣은 만큼만 나오는 자판기.

알바비 원하면 콜하셈.

이런 식으로 꼬여 본다. 부연 설명이 필요하니까. 아니나 다를까 저녁 때 문구점 앞으로 찾아왔다.

"학폭위에 신고하고 쫄아서 학교 안 나오다가 자퇴했대. 그 뒤론 잠수탔구."

"학교 폭력을 당했단 소리야?"

"그건 잘 모르겠고, 아는 오빠 말로는 별것도 아닌 일로 학폭위에 찌른 짜증 나는 캐릭터래."

"무슨 일인지는 말 안 해?"

"노노! 암튼 겁나 오바족이래. 그 학교에선 오버하는 걸 다른 말로 JSR이라고 부를 정도였대."

나왔다! JSR이 주수림이 맞다는 소리다. 우연의 일치라고 몰고 가기에는 흔치 않은 일이니까. 이름 약자를 대명사처럼 불러 대는 경우는 그리 많지 않다. 정답을 맞췄을 때와 비슷한 쾌감이 코끝을 스친다. 헌데 의외다. 내가 상상한 주수림은 가해자 이미지였는데 그게 아니다. 쫄아서 자퇴를 하고 잠수까지? 순간, 내가 방향을 잘못 잡았나 하는 생각이 든다. 하지만 분명한 건 내가 잡은 끈은 주수림 하나다.

그나저나 주수림을 어디에서 찾아야 하는 건지 막막해진다. 학교에 소속되어 있지 않은 고삐리를 만날 수 있는 방법은 흔치 않다. 게다가 잠수를 탔다니. 그럼 하늬와 둘 사이의 핫라인이 있었던 걸까? 이제 주수림은 『월리를 찾아라』의 월리처럼 내 호기심을 자극한다. 그리고 일종의 미해결 과제와도 같다. 아직 조립이 덜 끝난 프라모델과 같다고나 할까? 암튼 내 넋을 빼는 일이다.

그리고 또 하나, 내 마음을 사로잡은 그곳 '기억의 창고'. 그 카페에 가입할 수 있었다. 하늬의 폰이 로그아웃되어 많이 상심했는데 굳이 그럴 필요가 없었다. 카페는 의외로 쉽게 찾을 수 있었고 또 가입도 가능했다. 물론 아직 정식 회원도 아니고 하늬의 흔적을 찾을 길도 없다는 점은 아쉬웠지만.

여하튼 그 카페는 다른 여느 카페와 마찬가지로 일반적인 절차를 거쳐 쉽게 가입할 수 있다. 단 그다음 단계가 그리 간단치 않다. 카페 주인장 왈, 무책임한 호기심으로 들어와 물을 흐리는 경우가 있기 때문이란다. 다소 귀찮고 복잡한 설문 조사를 거쳐 일정 시간을 견디는 인내심을 확인한 뒤, 절실함이 보일 때 정식 회원으로 받아들여 준단다. 난 1차 설문은 통과했다. 절실한 걸로는 날 당할 자가 없으리라.

2차 단계는 운영진 회원과의 채팅 심사다. 일종의 면접이라고 보면 된다.

'솔직하게 말씀해 주세요. 단 저희는 개개인의 신상에 대한 것은 절대 묻지 않습니다. 추후에 회원님이 기억을 이식받는다거나 경험 대출 및 후원시 필요에 의해 본인의 상황을 자발적으로 밝히는 건 가능합니다. 그러나 원칙상 신상 공개를 하지 않는 걸로 되어 있습니다. 그러나 익명이라고 해서 거짓말을 한다거나 다른 사람을 공격하는 식의 넘치는 행동을 할 때에는 즉각 퇴출됩니다. 그리고 가끔씩 호기심으로 들어와 마치 이곳 기억의 창고 회원들을 시험해 보려는 듯, 자신의 상황을 소설 쓰듯이 작위적으로 이야기하는 예가 있는데 분명한 건 거짓말은 어떻게든 티가 나게 되어 있습니다. 그럴 때에도 바로 퇴출 및 영구 차단입니다. 이곳은 치유의 공간이지 놀이공원이 아니기 때문입니다.'

그리고 이런 전제도 달았다.

'불합격의 기준이나 퇴출의 근거를 따지며 불만을 가질 수 있습니다. 물론 그 기준이 극히 주관적으로 보일 수도 있을 겁니다. 하지만 어차피 온라인 카페란 곳도 소수의 구성원들이 취향이 맞아서 그룹을 만드는 것이니 그 부분에 대해서는 저희 운영진의 결정에 이의 없이 따르겠다고 동의해 주시길 바랍니다. 일종의 생각의 주파수를 맞추자는 것이니까요.'

난 생각의 주파수란 말에 설렜다. 그게 맞지 않으면 같은 말을 하고도 서로 다른, 봉창을 두들기는 예가 많다는 건 나 역시 익히 경험한 바다. '야' 하면 '호' 할 줄 아는 사람끼리 속을 터놓는 게 얼마나 근사한 일인가? 요새 난 어디서든 재잘대며 수다 떠는 아이들의 모습만 봐도 가슴이 두근거린다. 마치 배고픈 자가 남이 먹는 모습만 보고도 침을 꼴깍 삼키듯이 말이다.

'동의하시겠습니까?'

500만 번이라도 동의한다. 설사 내가 퇴출을 당한다 한들 취지가 그렇다면 흔쾌히 동의한다. 사실 내게 동의하냐고 물어봐 주는 것만으로도 황송하다. 초중고를 지내면서 나의 의사를 정중하게 묻는 경우는 거의 없었으니까. 아직 어리다는 이유로 어른들은 늘 일방적으로 명령을 한다.

취지 동의를 클릭하니 바로 채팅창이 열린다. 열린 채팅창 안에는 나보다 등급이 높은 몇몇의 사람이 있다. 아마 운영진이겠지만 각각의 닉네임은 '1, 2, 3, 4, 5'로 되어 있다. 나중에 회원들에 대한 선입견이 생기는 것을 막기 위해 면접 시에는 아이디를 감추고 일련번호를 단다고 했다.

난 마음을 다해 면접에 임했다. 운영진들이 묻는 내용은 아주 평이했다. 내 삶의 이력에 관한 것들인데 주로 있었던 사실에 관한 질문이기보다는 사실에 연관된 내 심리 상태에 관한 것이 많았다. 그리고 기본적인 나의 취향이나 마음가짐을 묻거나 어떤 가공된 상황을 들려주고 그 상황에서 내가 어떻게 대처할지를 묻는다.

일종의 심리 테스트 같았는데 내 마음의 켯속을 살갑게 뒤적거려 볼 수 있어서 좋았다. 나도 몰랐던 나를 새삼스럽게 바라보는 시간이 낯설고도 한편으로는 신선했다. 그리고 객관식이 아닌 것도 마음에 들었다. 간혹 잡지나 인터넷 사이트에서 이런 테스트를 해 보면 늘 객관식이거나 'OX'라 늘 석연찮음이 체증처럼 남아 있었다. 나를 제대로 설명할 수 있는 칸이 없다는 게 늘 아쉬웠기 때문이다. 여하튼 현실은 숫자로 환산되는 성적만으로 나를 파악할 뿐인데, 다른 잣대로 나를 잴 수 있다는 게 신기할 따름이었다.

면접을 통과한 뒤 창고 안을 둘러볼 수 있는 자격을 얻었다. 클릭을 해도 열리지 않던 게시판 몇몇 곳이 열렸다. 어찌나 떨리던지……. 그중에서도 난 제일 궁금한 '기억 이식방'으로 들어갔다. 빨간 글씨로 적힌 대문 앞 공지를 클릭하니 그곳에는 이 방에 관한 기본적인 안내가 적혀 있다. 읽어 보니 이 방은 평상시에 오픈된 방이 아니었다. 회원들의 요구가 누적되면 비정기적으로 초대장을 발송해서 일정 시간 동안 기억의 이식을 치르고 그 과정을 나누는 공간이라고 보면 된다. 하지만 기억 이식을 어떤 식으로 하는지에 대한 자세한 설명은 없었다. 갸우뚱하는데 채팅창이 반짝하고 뜬다. 나를 초대한 사람은 '빨간 모자'라는 아이디를 사용했다.

"궁금한 거 물어보세요."

"기억 이식이란 게 뭐지?"

"간단히 말하면 일종의 상상 체험을 통해 스스로를 치유하는 거죠."

"상상 체험? 3D 안경을 쓰고 움직이는 의자에 앉아서 우주 체험하는 그런 거요?"

"비슷하달 수 있어요. 3D 체험이 외부적인 자극을 줘서 우리로 하여금 강제로 느끼게 만드는 거라면, 우리가 말하는 기억 이식은 스스로에게 좋은 기억을 체험하게 하고 그걸 이식시켜서 추억으로 남기는 것이죠. 일종의 자기 암시랄 수도 있고 좀 더 알기 쉽게 표현하자면 뇌한테 뻥을 치는 거랄 수 있죠."

"뇌한테 뻥을 쳐요?"

"뇌를 속이는 거니까요. 우리 뇌가 의외로 멍청하다네요."

"아! 착시 현상."

"가장 큰 전제는 이런 거예요. 뇌는 내부에서 발생한 메시지에 대한 반응으로 변화가 가능하다는 거죠. 즉 우리의 생각과 의도만으로도 뇌가 변할 수 있는 것인데, 마음으로 뇌를 변화시키는 실험이 있었어요. 상상만으로 피아노 연주를 했던 사람의 뇌 영역 중에서 오른쪽 손가락 움직임을 담당하는 부분이 실제로 키보드를 연주한 참여자와 마찬가지로 확장되었다는 거죠. 또 하나! 우리가 웃는 표정을 지으면 뇌가 행복하다고 생각한다잖아요."

"진짜 뇌 뻥까기 맞네요."

"자! 석류를 입에 문다고 상상해 봐요. 침이 고이죠? 상황을 상상하는 것만으로 우리 신체의 생리학적 반응이 유발되잖아요. 그 원리로 체험을 대여하고, 그 체험을 내 스스로에게 각인시켜서 궁극적으로는 기억을 이식받는 거죠. 행복한 기억을."

누군가 '행복해서 웃는 게 아니라, 웃어서 행복해지는 거다'라고 했다. 그 말을 듣고 '귀신 씨나락 까먹는 말장난'이라며 푸지게 욕을 했는데 가만 생각해 보니 욕할 게 아니다. 뇌와 협업을 한다면, 동업자가 되어 행복해지려고 작정한다면 절대 못할 것도 없다는 희망이 스멀거리기 시작한다. 중요한 건 의지니까!

"맞아요!『소공녀』의 주인공 세라가 천덕꾸러기 하녀로 지내면서도 '예쁜 드레스를 입었다 치고', '먹은 셈 치고', 이러면서 행복하게 지냈잖아요."

너무 초딩용 예를 들었나 싶어서 잠시 쪽팔렸지만 '안 쪽팔린다고 치고!' 넘긴다. 넘기니까 넘겨진다. 내가 넘기겠다고 의지를 갖는 게 중요한 거니까.

기억의 창고에 들어온 뒤부터 낮은 포복으로 그들이 이끄는 대로 따라가리라 다짐했다. 그래서인지 그들의 말에 쉽게 마음이 간다. 그만큼 난 절절하게 행복해지고 싶었다. 더 이상 내 존재의 파동이 그 누구의 마음에도 가 닿지 않는 그런 투명 인간으로 살기 싫다. 내 존재가 누구에게 위로가 되는 것까지는 바라지도 않고 내가 존재하고 있다는 것만이라도 확인받고 싶다. 그건 욕심이 아니라 살아 있는 자의 당연한 바람일 테니. 그래서일까? 나도 모르게 터져 나오는 한숨처럼 말이 나간다.

"학교에서 따를 당해요."

가만가만히 지금의 내가 처한 이야기를 적었다. 그래서 무섭고 힘들고 발끝이 닿지 않는 어딘가로 한없이 떨어지는 기분이고…… 등등. 자판을 두드리는 대로 적힌 글 속의 나를 보고 있자니 마치 거울 속의 내 모습을 내가 바라보는 기분이 든다.

"휴! ……………………………정말 힘들겠네요."

나를 위해 내뱉어 주는 빨간 모자의 길고 긴 한숨이 내 안의 상처를 한번 훑어 내어 얇게 만들어 준 것 같은 기분이 든다. 판단하지도, 분석하지도, 비판하지도 않고 그냥 '휴…….' 하고 내 마음의 탄식과 닮은 한숨을 뱉어 주는 게 어찌나 위로가 되던지.

"님의 한숨이 신기하게 위로가 돼요."

"저도 같은 경험이 있으니까요."

"동병상련?"

"넵. 제가 이 카페의 운영진이 된 것도 바로 그런 이유죠. 끼리끼리 코끼리를 구출하기 위한 사명감이랄까?"

코끼리란 힘이 들어서 코가 댓 자나 빠졌단 의미에서 회원들끼리 붙인 닉네임이다. 즐겁고 해피한 사람들이 이곳에 들어오는 예는 거의 없다. 상처받아 누군가의 위로를 찾아 헤매다가 비로소 도착하는 곳이 바로 이 창고다. 끼리끼리 코끼리끼리 서로 도와주려고 만든 카페. '특명! 코끼리를 구출하라!'가 이곳의 슬로건인 셈이다.

결국 동병상련이란 건 같은 고통을 가져서만이 아니다. 고통을 느껴 본 자만이 비로소 갖게 되는 마음의 곁가지 때문에 서로서로 위로를 할 수 있는 것이다. 덩치는 커도 처진 눈꼬리의 실눈을 가진, 순박해 보이는 코끼리의 모습이 머릿속에 떠오른다. 그리고 뒤이어 코에 호스를 삽입한 하늬 생각도 든다. '누가 이곳 회원이 아니랄까 봐' 병원에 누워 있는 코끼리 한 마리를 안다고, 걔 때문에 여기에 들어오게 되었다고, 혹시 하늬를 아냐고 물어볼까 하다가 참았다. 아직은 여러모로 시기상조다. 하늬의 아이디를 아니까 이곳에 있는 하늬의 흔적을 천천히 찾을 수 있을 것이다. 대신 빨간모자도 왕따 경험자라니 내 얘기를 더 얹었다.

"왕따, 그것도 전따라 상황이 쉽게 좋아질 것 같지 않아요."

"그렇겠죠. 소문이 잘못 퍼진 경우 쉽게 바로잡을 수 없으니까요. 근데 상황은 쉽게 안 바뀌겠지만 상황을 바라보는 눈은 바뀔 수 있어요."

내 쪽에서 바라보는 눈을 바꾸란 소리인가 보다. 이참에 공부에 전념하라던 과외 쌤의 말과 크게 다를 바 없다는 생각이 든다. 하지만 이 조언을 듣는 내가 전과는 좀 달라졌다. 전처럼 막막하지만은 않다. 기댈 데가 생겼다. 그래서 귀가 좀 열린다. 다르게 생각하기를 한번 해볼 테다!

"전 나갈게요. 체험 대여방으로 가 보세요. 님에게 필요한 게 있을 거예요."

"넵! 또 봬요. 빨간 모자님!"

체험 대여방은 방 이름 그대로 체험을 빌려 가는 곳이다. 체험 후원방에 자신이 겪은 체험을 적나라하게 적어 놓으면 그것을 잘 정리해서 도서관처럼 주제별로 정리 정돈한 곳이 바로 대여방이다. 가나다순으로 목차를 단 이런저런 체험의 정황들이 항목별로 잘 나뉘어져 있다.

우선 '파트 1'은 기쁨, 낙천성, 배포, 열정, 용기, 호기심, 온기, 자신감 등과 같이 추상명사로 나뉘고 그 안에 구체적인 사례가 담겨 있다. '파트 2'는 가족, 친구, 연인, 직장 동료, 업무 관계, 기타 등등 체험의 대상을 구분지어 쉽게 찾아볼 수 있도록 정리해 놓았다. 물론 그곳의 체험들은 제목만 봐도 하나같이 행복한 이야기다. 훈훈한 미담을 모아 놓은 방이랄까?

남의 기억을 빌려서 내 기억에 덧대어 쓴다는 게 과연 가능할까 하는 회의가 들었지만, 목차의 제일 앞부분에 있는 한 예를 읽다 보니 마음이 훈훈해져 오는 걸 느꼈다. 파트 2의 가족 부분에서 언니와의 따스한 기억을 적은 부분을 클릭해 읽었다. 언니가 없는 나로서는 상상할 수 없었던 이야기다. 그래서 더 인상 깊었는지도 모르겠다.

서로 다른 기질을 가진 자매가 서로의 문제점을 극히 객관적인 잣대로 늘어놓고 하나하나 풀어 나가는 과정을 그린 이야기였다. 나는 '만약 내게 언니가 있다면?' 하고 가정한 후 내 문제를 객관적으로 바라보는 것에 대해 잠시 상상했다.

"당당해져 봐. 네 잘못이 아니잖아!"

상상 속의 언니가 내게 말한다.

"그러니까. 내가 잘못하지도 않았는데 왜 그 고통을 나 혼자 껴안아야 한담?"

"이렇게 생각해 봐. 만약 누군가…… 너에게 욕을 하는데 그게 네 몫이 아니라면 그저 받지 않으면 그만이야. 그럼 그건 그 사람의 몫으로 남는 거지. 넌 그냥 한 발짝 떨어져서 바라보기만 하면 된다구. 선의는 마치 우산을 씌워 주는 것과 같아서 두 사람이 같이 비도 피하고 온기도 나누면서 훈훈해지지. 반면 잘못 배달된 적의는 내가 안 받으면 되돌아가서 보낸 사람이 고스란히 뒤집어 쓰게 되는 물폭탄 양동이 같은 거야."

까만색 타르 같은 적의를 뒤집어쓴 아이들을 상상하니 풋! 웃음이 나온다.

"오케이, 접수!"

동생인 내가 답한다.

목차를 더 읽다가 친구 파트를 열어 보려는데 거실에서 아빠의 기침 소리가 들린다. 나를 위한 기침이다. '파더 어택' 전 알람, 일명 아빠의 공격을 예고하는 경고랄까? 할머니까지 깨면 나보다는 아빠가 더 귀찮아질 테니까. 요샌 기습적으로 방으로 뛰어 들어오는 대신 저런 알람을 쓴다. 하긴, 아빠 역시 번번이 훈계를 늘어놓기 귀찮을 거다. 난 잽싸게 컴퓨터를 끄고 침대에 눕는다. 뭐! 아쉽지만 나에겐 내일이 있으니까.

'어? 내게 내일을 기다릴 만큼 아쉬운 시간이 있었던가?'

신기하다. 왕따가 된 이후로는 아침이면 늘 내 앞에 버티고 선 시간들이 부담스러워 미칠 것 같았다. 두 다리를 쩍 벌린 채 양팔을 허리에 얹고 버티고 서서는 나를 째려보던 24시간. 그래서 늘 뭉텅이로 시간을 잘라 내 주는 고마운 잠을 청하곤 했는데…….

자리에 누워 방금 전 카페에서 나눴던 이야기들을 다시 한 번 되새겨 본다. 읽고 싶은 만화책 수백 권을 내 침대 아래에 몰래 쟁여 둔 기분이다. 가슴 저 안쪽부터 충만해지는 뿌듯함이 설렘으로 변해서 잠을 쫓는다. 오두방정 설렘이 손을 휘휘 내저으며 소리친다.

'잠들은 가라!'

새벽 4시 반, 벽시계의 시곗바늘마저 오늘따라 목소리를 돋운다. 째깍째깍, 지하철 계단을 딛는 하이힐 소리처럼 까칠하게 들린다. 잠을 자긴 틀렸다. 안 먹어도 배부르다는 소리가 있는 것처럼 안 자도 암시롱치도 않을 것 같은 밤이다.

"세~탁!"

어디선가 들려오는 구성진 가락에 놀라 눈을 떴다. 헉! 침대 맞은편의 벽시계를 보니 9시가 훌쩍 넘어 있다. 마침 아빠가 아침 일찍 할머니를 교회에 모셔다 드린다며 나가고 없어 욕은 안 먹었지만 덕분에 오전 수업을 통으로 날리게 생겼다. 난 일부러 천천히 점심시간에 맞춰 등교를 했다. 그나마 덜 눈에 띌 테니까. 하긴, 어차피 투명 인간이라 크게 상관없는 일이긴 하지만……. 교실로 막 들어서려는데 웬 애가 내게 말을 건다.

"야! 장서란, 이따가 야자 끝나고 과학실 앞으로."

어? 나한테 말한 거 맞아? 당혹감에 미처 답도 못했다. 내가 잘못 들은 건가 싶어 다시 보니 나를 바라보고 답을 기다리고 있다.

"어, 오케이."

말을 시키다니…… 놀랍긴 하지만 더 놀라운 건 그 사실을 깨닫고도 내 마음에 별다른 여파가 없다는 점이다. 아마 '생활과 윤리'

숙제 때문에 조별 모임이 만들어져서 애들이 내게 말을 걸지 않고는 못 견뎠나 본데⋯⋯. 솔직히 별로 감격스럽지 않다. 차라리 내가 감격스러운 건 바뀐 아이들의 태도에도 휘둘리지 않는 내 자신이다. 예전 같았으면 내게 말을 걸어 주는 아이에게 무릎이라도 꿇을 기세로 호의적이었을 것이다. 하지만 지금은 그렇지 않다. 담대하다.

"이거."

이번에는 복도에서 마주친 희주가 내게 A4 용지를 건넨다. '생윤' 리포트 관련 프린트다. 황희주, 늘씬한 황금 비율의 몸매로 남학생들의 인기를 독차지하는 애다. 그만큼 잘난 척이 하늘을 찌르는 타입인데 사실 쟤도 내게 협박 쪽지를 보내는 데 혈안이 되었던 주요 멤버 중 하나다. 그래서 투명 인간 놀이에도 심취하더니만 자기가 필요하게 되니 언제 그랬냐는 듯 내게 말을 건다. 난 프린트 용지를 넘겨 본다. 엄청 진지하게. 마치 이것 외에는 세상에 관심 있는 일은 하나도 없다는 듯. 그리고 희주, 너 따위는 내 관심 밖이라는 듯 쿨하게 말한다.

"이거 써서 모이라구?"

"응!"

"알써!"

말을 끝내기가 무섭게 난 휙 하고 바람돌이처럼 복도를 걷는다.

상황을 다르게 보라던 빨간 모자의 말이 떠오른다. 맞다! 같은 강도의 주먹이 날아와도 맞는 사람에 따라 그 고통은 다를 수 있듯이, 내게 진작 힘이 있었다면 쟤들의 왕따 놀이에 좀 느긋하게 대처할 수 있었을 텐데 하는 생각이 든다. 그리고 하늬 건에 대해서는 좀 더 적극적으로 나를 부인했어야 한다. 바람에 대책 없이 흩날리는 깃발처럼 휘둘리기만 해서는 안 되는 거였다.

하지만 그럼에도 불구하고 야자 시간 내내 내 맘속에 미열이 잔잔하게 끓고 있다. 소변을 참고 있을 때의 안절부절함과 비슷한 느낌이다. 솔직히 소그룹 모임 속에 들어가 앉아 있어야 할 걸 생각하니 걱정이 된다. 마치 적진 한가운데 남겨진 포로 같은 기분이랄까? 야자가 끝나고 과학실로 향하기 직전 난 화장실에서 거울을 본다. 그리고 상상 속 언니를 불러 본다. 언니가 말한다.

"뭐야? 스타일 구기게 떠는 거야?"

"그러네."

"잘못은 잘못한 자의 몫이야. 넌 결백하다구."

"그치!"

"그러니까 쫄지 말고 당당하게!"

"오키!"

언니가 돌아가고 거울 속에 내가 보인다. 난 양쪽 입꼬리를 쫙 찢어 올려 웃는 시늉을 한다. 그리고 뇌에게 뻥을 치기 시작한다.

"이봐! 뇌, 난 절대 쫄지 않는다구."

온몸이 서서히 끓기 시작한다. 몸 저 안쪽부터 지글지글. 아까와는 다른 종류의 열이다. 주먹을 날리면 벽이라도 부술 수 있을 것 같은 단단한 패기가 담긴 열이다. 이로써 찌질해 보이는 눈을 가졌으나 순수하고 거대한 체구의 코끼리 한 마리가 힘을 얻는다. 난 종아리에 힘을 주고 발자국을 찍으며 복도를 지나 과학실로 간다. 나의 동업자 뇌는 행복 바이러스를 온몸에 폴폴 날린다.

아싸, 대박!

세상의 모든 비밀은 꼬리가있다

하늬와 JSR에 대해서는 거의 포기 상태였다. 대체 사건의 실마리를 어디서 찾아야 할지도 모르겠거니와 요즘에는 기억의 창고를 들락거리느라 그 일을 거의 까먹고 있었다. 하지만 포기의 가장 큰 이유는 당위성이 희석되었기 때문이다. 요즘은 굳이 누명을 벗으려고 애를 쓸 필요가 없을 정도로 학교에서 아이들과 잘 지냈다.

서서히 아이들 사이로 들어가 자연스럽게 섞이기 시작했다. 하지만 그렇다고 인간적으로 친해진 친구가 있어서는 아니다. 순전히 조별 과제 때문이다. 조별 과제 모임에서 어찌어찌 내가 조장을 맡았다. 그러다 보니 자연스럽게 조원 애들과 이런저런 관계를 맺게 되었고 그러면서 '언제 내가 왕따였던가?' 할 정도가 되었다.

그렇다고 개구리가 되어 올챙이 적 시절을 잊을 정도까지는 아니다. 왜냐하면 이 평화는 어디까지나 잠정적이라는 걸 모르지 않기 때문이다. 아이들이 내게 말을 거는 건 어디까지나 자기들의 필요에 의한 거니까. 모의고사도 얼마 남지 않은 터에 다들 귀찮아하는 조장을 내가 맡았으니 한 수 접어주는 정도의 선의를 베푼 것이다. 일종의 거래다.

'네가 마당을 쓸어. 그럼 우리가 너랑 말 섞어 줄게.'

그러니 수행 평가가 끝나면 어떻게 변할지 모른다. 그나마 이런 정도의 선의가 가능했던 데에는 이유가 있다. 가장 큰 이유는 송윤미가 우리 조가 아니기 때문이고, 또 하나는 우리 조의 실세인 희주가 요새 윤미와 사이가 좋지 않기 때문이다. 다시 말해 어부지리로 내가 이나마의 자리를 얻게 된 것이다. 고래 싸움에 새우 등이 터진다지만 그 반대의 경우도 있다. 고래들이 싸우면서 왕따였던 나를 자연스럽게 자기편으로 포섭한 거다. 희주 덕에 다른 아이들도 비교적 내게 호의적이다. 아무튼 희주와 윤미의 사이가 안 좋은 동안만은 내가 안전할지도 모른다.

하지만 가끔씩 기분이 더러워진다. 잠정적인 평화이면서 동시에 거짓 평화라는 생각이 들기 때문이다. 조장이라는 비굴한 마당 쓸기를 자청하면서 얻은 평화. 고래들의 틈새를 파고 들어간 등굽은 비굴한 새우가 된 것 같은 기분은 정말 별로다. 사실 난 이제 기억의 창고에서 체험을 대여받아 얼마든지 자생력으로 이 난국을 헤쳐 나갈 힘이 있는데, 그걸 포기하고 쉬운 길로 간 것 같아 마음에 걸렸다.

그리고 또 하나! 드문드문 하늬 생각이 나면 죄책감이 들었다. 내가 풀어야 할 숙제를 방치하는 게 아닐까 하는 죄책감. 내 명예 회복을 포기해도 되는 걸까? 하지만 난 모처럼 얻은 평화가 기꺼워 죄책감 정도는 눙치고 싶었다. 그러던 즈음, 하늬의 폰과 수첩을 돌려주기 위해 겸사겸사 하늬의 병실에 들렀다. 그런데 놀랍게도 병실에는 하늬가 없었다. 물론 아줌마도 없다. 심지어 옆 침대의 환자도 바뀌었다. 물어볼 사람이 없어 간호사에게 물으니 간호사조차 바뀐 건지 쌀쌀맞게 모른다며 말을 자른다. 그나마 옆 병실에 있던 아줌마가 훈수를 둬 준다.

"잘은 모르겠는데 그 학생, 오래 입원해야 할 것 같아서 아마 병원을 바꾼 것 같아."

이런! 하늬마저 잠수를 탄 격이 되었다. 할 수 없이 하늬네 오빠에게 전화를 걸었다. 받자마자 대뜸 로밍 폰이라며 얼른 끊으란다. 외국인가 보다. 하여간에 매너 진짜 쩐다. 허겁지겁 용건을 말하니 일언지하에 답한다.

"그냥 버려."

"하늬 수첩도 있거든요?"

"됐다구."

전화를 끊고 나니 물벼락을 맞은 기분이다. 나쁜 놈! 하늬의 오빠에 관한 기억은 완전히 지워야겠다. 살아생전 절대 떠오르지 않도록. 마음이 헛헛해서 선뜻 집으로 돌아가지 못하고 병원 벤치에 앉아 있는데 그곳에서 하늬 병실에 계셨던 간병인 아줌마를 만났다. 아줌마는 할머니 환자의 휠체어를 밀고 계셨는데 날 보더니 반가워하며 어깨를 치신다. 하늬는 충주 어딘가에 있는 요양 병원으로 옮겼단다. 그러더니만 갑자기 내게 하늬의 가방을 가져가라신다.

"하늬 학생을 옮길 때 흘린 거라 그짝 식구한테 전화했는데 기냥 버리라대? 그 안에 책도 있고 요런 알록달록한 노트도 있고 그래서 버리기가 흉해서 갖고 있었어."

난 버려질 뻔한 하늬의 물건들을 받아들고 다시 하늬에게 관심을 가져야겠다고 결심했다. 이젠 내가 누명을 벗기 위해서만이 아니라 그냥 하늬를 위해서, 하늬의 흔적을 기억하는 유일한 누군가가 되기 위해서라도 말이다.

전해 받은 하늬의 또 다른 노트 역시 수첩과 크게 다르지 않았다. 내용을 추측하기에는 정확치 않은 메모만 적혀 있었다. 다만 한 가지 분명한 것은 뭔가를 끊임없이 괴로워했다는 것이다. 여전히 곳곳에 JSR이 적혀 있었고 그 외에 'LSY, SYM' 등 대충 짐작이가는 머릿글자가 눈에 띄었다. 그리고 노트 사이에 끼워진 메모지 한 장이 있었다. 포스트잇에 적은 메모, 그건 누군가가 하늬에게 보낸 것이다.

짜증 나니까 그만하자고. 그리고 너도 잊으라구.

대체 뭘 그만하자는 걸까? 뭐가 그리 짜증 나서 하늬더러 잊으라는 걸까? 이런저런 상상을 하느라 잠을 또 놓쳤다. 새벽 2시가 넘은 시간, 놓친 잠을 포기하고 카페에 들어갔다. 새벽 시간이어도 이 카페에는 늘 회원들이 접속해 있다. 다른 회원과는 아직 말을 나눠 본 적이 없지만 그래도 들락거릴 때마다 회원들의 아이디 정도는 눈에 담는 편이다. 상처를 입은 사람들이라서 아이디도 우울한 게 많다. '깊은어둠, 난아웃, 사라지고시포, 핼프미, 왜살지, 우울모드, 안 살수도, 터널안, 광탈자' 등등……. 그때 노란 왕관을 쓴 회원 하나가 눈에 띈다. 아이디가 '지란지교'다.

앗! 지란지교? 그건 하늬의 아이디다. 처음 하늬의 아이디로 로그인했을 때 분명히 봤다. 근데 대체 누구지? 혹시 충주에 있다는 하늬가 깨어난 걸까? 아니, 그건 아니다. 분명 아줌마 왈, 치료할 것도 없고 두고 보는 일밖에 없다며 비관적이라는 이야기를 했다. 그런데 컴퓨터라니, 그건 불가능하다.

그렇다면 분명 누군가 하늬의 아이디로 로그인해서 들어온 거다. 회원 정보를 클릭하니 회원 정보 접근 권한이 없다고 되어 있다. 블로그 역시 비공개로 되어 있다. 작성한 글을 클릭하니 체험 후원방에 후원 횟수만 나온다. 이곳은 다른 카페와 달리 작성 글이 모두 익명으로 나오기 때문에 횟수만 확인할 수 있다. 하늬가 노란 왕관이란 건 그만큼 활동을 많이 했다는 증거다. 체험 후원을 했든지 아니면 다른 회원의 기억 이식에 도움을 많이 주었다는 얘기다. 하얀 야구 모자인 나로부터 다섯 등급 이상 올라가야 노란 왕관이다.

　대체 누굴까, 하늬의 아이디로 들어온 사람이? 하늬네 오빠? 그럴 리는 없다. 야심한 시간에 컴퓨터를 할 타입도 아니고 게다가 하늬의 카페를 찾아 들어올 정도라면 그동안 하늬 일에 무심하지 않았을 것이다. 그렇다면 하늬의 친구? 하늬의 핸드폰 내용을 지운 누군가일지도 모른다. 하늬 폰을 지웠다면 하늬에 대한 웬만한 정보는 다 꿰고 있을 테니 카페에 로그인해 들어오는 건 일도 아니리라. 그럼 왜 하늬의 아이디로 이곳에 들어온 걸까? 대화하기를 신청해 본다. 하지만 상대는 묵묵부답이다. 시계를 보니 어느덧 새벽 3시가 넘었다. 나간 걸까? 다시 한 번 말을 건다. 이번에는 길게 이야기를 써 본다.

지란지교님, 전 신입 회원인데 뭣 좀 여쭤 봐도 되나염?

잠시 후 답이 온다.

죄송, 대화 중이라서 ㅜㅜ

잽싸게 남아 있는 회원들을 체크한다. 거의 다 나가고 지금 남은 회원은 난아웃과 주히키 그리고 지란지교와 나, 이렇게 넷이다. 그렇다면 난아웃 아니면 주히키와 대화 중이라는 뜻이다. 어쩌지? 잠시 망설이는데 안방 쪽에서 무슨 소리가 나는 듯해서 후다닥 컴퓨터를 꺼야 했다.

간밤에 늦게까지 컴퓨터를 하지 않았다는 걸 증거로 보이기 위해서라도 아침에는 일찍 일어나야 했다. 요 며칠 사이 아빠가 나를 예의 주시하고 있다. 잘못하다가는 폭발하는 수가 있다. 그래서 토요일임에도 불구하고 아침 일찍 일어나 동네 시립도서관으로 향했다. 수행 평가 때문에 자료도 찾아야 하는 데다 할머니의 무한 반복 기도를 피할 수 있으니 일석이조다.

창가 구석 쪽에 자리를 잡고 일단 한바탕 잠을 잤다. 그러다가 앞자리에 앉은 중딩 커플이 키득거리는 소리에 깼다. 이어폰을 하나씩 나눠 낀 채 떠드는 애들 때문에 도저히 집중이 되지 않아 잠시 쉬려고 나가는데 통로 쪽 자리에 낯익은 옆모습이 보인다. 가까이서 보니 오리발 이시영이다. 오리발 역시 엎어져 자고 있다. 옆에서 한참을 들여다봐도 전혀 눈치를 못 챌 정도로 완전히 곯아떨어졌다. 거의 기절 수준이다. 피식 웃고 지나치려는데 시영의 노트 속 글씨체가 눈에 확 들어온다. 어디선가 본 듯한데…… 맞다! 이건 하늬의 수첩에 있던 포스트잇의 글씨체다. 모든 글씨의 세로 획 끝부분이 살짝 꺾여 있는, 결코 흔치 않은 글씨체다. 혹시나 하는 마음에 시영이의 노트를 살짝 잡아 빼서 포스트잇의 글씨체와 비교해 보니 완전 똑같다. 난 왼쪽 주먹을 쥐며 '예스!'를 외친다. 역시 내 추측이 맞다. 그렇다면? 덫을 놓기로 한다. 하늬의 노트 한가운데에 그 포스트잇을 붙이곤 다시 시영의 책상 위에 놓는다. 그러고는 시영이 깨기를 기다렸다.

그로부터 한 시간 뒤 시영은 일어나 기지개를 켠다. 하품도 곁들이면서. 굳이 뒤돌아보지 않아도 내 자리의 옆 창에 시영의 모습이 다 비친다. 고맙게도 오늘은 날이 흐려서 대낮인데도 실내에 불을 환하게 켜 놓은 덕에 더 잘 보인다. 나는 시영의 표정까지 읽기 위해 몸을 살짝 앞으로 뺀 채 거울을 꺼내 각도를 세운다.

잠시 뒤 시영은 또 한 번의 기지개를 켠 뒤 노트 위의 노란색 포스트잇을 발견했다. 그리고 갑자기 자세를 낮추더니 주변을 두리번거린다. 놀라는 기색이 역력하다. 시영이 나를 발견하지 못하도록 일부러 몸을 반으로 접는다. 지금 나를 발견하는 건 효과적이지 않다. 시영에게 시간을 줘야 한다. '누구지?' 하며 마음을 졸일 시간을 충분히 줘야 더욱 혼란스러워질 것이다. 혼돈에 빠지면 균형을 잃을 것이고, 균형을 잃어야 나를 만났을 때 더 많은 말을 뱉어 낼 확률이 높아진다.

이런 식으로 변죽을 울려 상대의 숨통을 조이면서 진실을 알아내야 한다는 점에서 자괴감도 생기지만 한편으로는 '쟤는 좀 당해도 싸다'는 생각이 든다. 시영의 오리발이 궁극적으로는 하늬를 위한 것인지 모르겠으나, 어쨌거나 시영이 비겁한 건 사실이다. 절친이면서 하늬의 문병조차 가지 않았다는 게 모든 것을 말해 준다. 고로 내 이런 식의 대응은 정당한 것이다.

멀리서 보기에 시영은 모의고사 문제집을 열나게 푸는 것처럼 보이지만 사실은 전혀 그렇지 않다는 걸 나는 알고 있다. 벌써 30분째 문제집을 한 장도 넘기지 않았다. 언어 영역 문제집이라 지문이 길어 한 쪽에 기껏 두세 문제밖에 없을 텐데 저렇게 오래 들여다볼 리 없다. 눈은 문제집을 향하지만 머릿속은 다른 곳을 헤매고 있으리라. 이건 포스트잇이 주는 여파가 크다는 증거이다. 결국 시영이 '그만하자고' 쓴 것은 하늬만의 문제가 아니라 시영 자신도 깊게 관련되었기 때문이라는 뜻이다.

이쯤에서 시영 앞에 나타나는 것도 괜찮겠다는 생각이 든다. 하지만 전략이 필요하다. 섣부른 대사를 치면 시영은 또 오리발을 휘두를 것이다. 넘겨짚을 수 있는 대사를 궁리해야 한다. 한 큐에 하나씩만 낚는 낚싯대가 아니라 커다란 그물을 펼쳐서 한꺼번에 다 건져 낼 수 있어야 한다.

"너지?"

도서관 식당에서 식판을 들고 서 있는데 시영이 다가와 조용히 묻는다. 소매치기처럼 바짝 다가서서 입도 크게 벌리지 않고 마치 복화술을 하듯 말한다. 누군가를 의식하는 눈치다. 이에는 이, 나도 한번 개겨 본다.

"뭐가?"

"포스트잇."

"포스트잇이 뭐?"

돈가스를 받아 들고 마카로니를 푸려고 몸을 숙이는데 시영이 좀 더 적극적으로 다가와 말한다.

"얘기 좀 해."

"얘기?"

그때였다. 갑자기 시영이 급반전을 한다.

"됐어. 아님 말구!"

그러고는 식판을 들고 후다닥 구석 자리로 간다. 뭐지 싶어 바라보니 놀랍게도 그 옆에 윤미와 몇몇 애들이 있다. 시험이 다가 오니 도서관에 온갖 우수마발들이 다 꼬인다. 시영은 식판을 들고 구석 쪽으로 가는데 윤미가 큰 소리로 시영을 부른다. 그러자 시영은 잠시 내 쪽을 의식하는 것 같더니만 윤미의 옆자리로 가서 앉는다. 그동안 서로 모른 척하더니 이젠 대놓고 만나는구만? 난 일부러 시영의 얼굴이 보이는 쪽에 자리를 잡고 앉는다. 윤미를 비롯해 몇몇 애들과 웃으며 대화를 나누고 있지만 긴장된 표정이 역력하다. 그리고 나를 의식하는 것도 느껴진다.

돈가스는 플라스틱처럼 딱딱하고 소스는 된장국처럼 묽다. 간신히 씹어 삼키며 골똘히 궁리해 본다. 어찌 생각하면 모든 게 간단하다. 무슨 일인지만 모를 뿐, 시영이 뭔가 켕기는 일을 했던 건 분명하다. 그러니까 저렇게 나를 의식하고 전전긍긍하는 거다. 만천하에 드러나면 안 되는 일일 테지. 그렇다면 그걸 다 알고 있다고 으름장을 놓는 것만으로도 시영을 쥐고 흔들 수 있게 된다. 물론 아직은 모르지만.

나는 밥을 먹다 말고 시영에게 문자를 보낸다. 내게 뭔가를 말하려다 말고 급반전의 태도를 보인 것, 전에 나에게 윤미를 모른 척했던 것, 이것저것 유추해 보니 이 일에는 분명 윤미도 연관되어 있다는 확증이 잡힌다. 그러므로 윤미와 시영의 고리를 잘라 내야 한다. 그래야 시영에게서 내가 원하는 이야기를 들을 수 있다.

맞아, 포스트잇. 나 다 알거든.

시영은 밥 먹는 중간에 폰을 보더니 움찔한다. 그러고는 후다닥 주머니에 집어넣는다. 폰을 감춘다는 건 윤미에게 알리고 싶지 않다는 거다. 고로 윤미가 없어지면 아까처럼 다시 내게 접근할 것이란 확신이 선다. 나는 돈가스를 반이나 남긴 채 발딱 일어나 퇴식구로 향했다. 이제부터는 내가 쫓지 않아도 된다. 시영이 나를 따라다닐 차례다.

'네 차례야!'

3층 자료실에서 복사를 하는데 내 옆으로 시영이 훅 다가선다. 솔직히 깜짝 놀랐지만 난 당황하지 않고 의연한 자세로 천천히 복사를 한다. 나를 계속 눈으로 쫓았나 보다. 열람실에서는 절대 아는 척 않더니만. 짐작대로 역시 윤미를 의식하는 거다. 나는 대충해도 되지만 일부로 용지의 네 귀퉁이를 복사기에 딱 맞추며 굼뜨게 움직인다. 그러면서 속으로 맘을 다스린다.

'이봐, 뇌! 난 지금 쫄지 않았어. 알지? 낚싯대가 아니야. 그물을 펴라고, 그물을. 성근 거 말고 쫀쫀한 그물이 좋겠어. 이참에 다 건질 수 있게.'

뇌가 내 말을 못 알아들었을까 봐 입꼬리를 양쪽으로 쫙 찢는다. 입이 찢어진 만큼 뇌도 긴장을 풀고 사장님 포즈로 여유를 갖는다. 반면 시영은 안달이 난 신입 사원처럼 굽실거리며 묻는다.

"야, 뭐야! 어디까지 아는 건데?"

걸렸다. 지뢰밭에 성큼 발을 들이밀다니. 순진하긴! 들키지 않으려면 일단은 짧은 대답으로 일관해야 한다.

"모두."

"누구한테 들었는데?"

"그 사실을 아는 누군가."

"그러니까 그게 누구냐구!"

"누구인 게 너한테 젤 좋은데?"

"지금 장난해?"

'이시영, 이렇게 말을 돌릴 수밖에 없는 날 생각해서라도 빨리 불라고!'

차마 뱉지 못하는 말이 얼굴에 드러날까 봐 난 다시 고개를 파묻고 복사에 열중한다. 그러자 시영이 울먹이며 말을 잇는다.

"우린 진짜 몰랐다구."

우리란 시영과 하늬일 거다. 그러니까 그만하자고 했을 테고.

"그랬을 거 같아."

뭔 소리인지는 모르지만 동조를 해 준다. 공감을 얻어야 방어를 풀 것이다.

"그래도 난 네 일은 몰라. 걔 혼자 한 짓이라구. 나중에 들었어."

'네 일'이라 함은 나에게 누명을 씌운 것을 말하는 건가? 그럼 걔는 누구?

"윤미?"

"……."

그렇군! 역시 송윤미 짓이군! 그렇다면 단순한 적개심만으로 나를 따 시킨 게 아니라 의도를 가지고 구덩이에 빠뜨린 거네. 순간 피가 거꾸로 솟는다. 생각 같아서는 열람실로 뛰어가 머리끄덩이를 잡고 박치기를 먹여 코피라도 보고 싶지만 생각일 뿐이다. 나는 기본적으로 무식하게 치고받는 걸 좋아하지 않는다. 그리고 무엇보다 지금은 그럴 때가 아니다. 시영이 꼬리를 감추고 돌아서면 안 되니까. 뇌에게 명령한다. 릴렉스, 릴렉스!

"나도 그렇게 생각했어."

또 한 번 공감을 해 주자 무장해제된 시영이 묻는다.

"근데…… 넌 걔 만난 거야?"

대체 이 '걔'는 또 누구지? 머뭇거리면 의심할 것 같아 단호하게 답한다.

"응."

"걔가 나와? 집 밖으로 안 나온다던데?"

집 밖으로 안 나온다고? 그럼 여기서의 걔는 윤미가 아니다. 딴 걔다. 그럼 누구지? 그때 시영의 폰이 울린다. 윤미다. 귀가 엄청

간지러웠나 보다. 시영은 폰에 뜬 윤미 이름을 보는 것만으로 당혹감에 어쩔 줄 몰라 한다.

"잠깐만!"

그러고는 밖으로 나간다. 난 순간 급해졌다. 잘못하다가는 여기서 시영이 멈출 수도 있다. 난 뒤따라 나간다. 나로서는 모험이다.

"받지 마!"

"왜?"

"얘기는 마저 끝내자고!"

"잠깐, 전화만 받구."

"아니! 난 말이야, 학폭위를 열 수도 있다고!"

소심한 이시영은 학폭위란 말에 눈이 휘둥그레져서는 폰을 끄며 투덜댄다.

"진짜 짜증 나네. 난 상관없다니까."

솔직히 학폭위에 신고할 생각은 죽어도 없다. 구체적인 물증도 없는데 괜히 학폭위에 신고해 봤자 학교에 낙인만 확실하게 찍히고 아이들과 쌤들은 일이 번거로워지게 된 것에 대한 보복을 일삼을 것이다.

'안 그래도 잡무가 많아서 퇴근도 못하는데……'

교장 쌤 역시 학교 이미지 운운하며 날 째려볼지 모른다.

'내년이 내 정년퇴임인데 조용히 지나가면 좀 좋아?'

게다가 엄마아빠가 알게 되면 우리 집은 벌집을 쑤셔 놓은 듯이 될 게 뻔하다. 그런데 내가 그걸 왜 하겠느냔 말이다. 학폭위 소리는 단지 시영을 자극하기 위한 말이다. 말 꺼낸 김에 전체를 다 알아내야 하니까. 여하튼 이야기의 진도를 빨리 나가도록 만들기 위해 이번에는 포석을 깐다. 좀 더 자극적인 것으로.

"너…… 범인 은닉죄라고 알아?"

"존나 겁주네. 누가 범인이란 소리야? 범인이 어딨어? 아니, 그게…… 범인이라고 할 수는 없는 거잖아. 안 그래?"

시영은 범인이라는 표현만으로도 엄청 흥분해 버벅거린다. 이때다 싶어 내가 아는 알량한 몇 가지 사실을 던져 본다. 나머지는 흥분한 시영이 알아서 정리하리라. 자기 자신을 보호하기 위해서라도 이런저런 사실을 다 불 것이 뻔하니까.

"JSR, 주수림, 송윤미. 그리고 지워진 하늬 폰, 기억의 창고 카페."

주머니 속 소지품을 꺼내듯이 주섬주섬 늘어놓는다. 마치 '다음의 단어들을 써서 문장을 만들어 보시오.' 같은 문제처럼. 물론 시영은 내가 폼을 잡느라 이렇게 말한다고 생각하겠지? 그러거나 말거나 난 주워 먹기만 하면 된다. 시영은 콧김을 두 번 들썩이더니 답 맞추기를 시작한다.

"윤미가 먼저 수림이를 따 시키자고 했단 말이야. 주수림이 우리 욕을 하고 다닌다고 그랬어. 그래서 하늬랑 난 진짜인 줄 알고 수림이 욕을 좀 했어. 근데 걔네 학교에 소문내고 걔 생일날 물 먹인 건 우리는 진짜 모르는 일이라구. 그리고 수림이네 강아지 하몽이도 우리가 없앤 거 아니거든……. 나중에 알고 보니까 윤미 계집애가 완전 관심병 환자라 양쪽으로 이간질하면서 물 먹인 거더라구. 그래도 수림이가 그렇게 될 줄은 진짜 몰랐는데…… 암튼 하늬가 나중에 다 알고 윤미랑 절교하고 '히키코모리'로 집에 처박힌 수림이를 집 밖으로 꺼내 보려고 무지 노력했어. 걔 사고 나기 전날까지도 그랬다구. 근데 누가 범인이란 소리야? 범인 은닉은 또 뭐고?"

아! 주수림이 그래서 자퇴하고 잠적했다는 거구나. 역시 안여멸이라더니……. 내가 추측한 주수림과는 완전 다르다. 게다가 은둔형 외톨이인 히키코모리로 산다는 얘기는 상상도 못했던 거라 놀라웠다.

"그러니까 주수림은 피해자일 뿐이고 너희가 가해자네."

"우린 아니라니까!"

"근데 하늬가 사고를 당했고 그 바람에 이 문제가 드러날까 봐 나를 주수림으로 둔갑시켜서 문제를 덮으려고 한 거네?"

"아, 몰라. 난 아니라니까!"

"넌 아니라고 해도 책임이 아주 없는 건 아니지!"

"왜?"

"알면서 쌩 까는 거, 그게 죄야. 꼭 뭔 짓을 해서만이 아니라, 다 알고 있으면서 비겁하게…… 너 같은 애들 때문에 따가 생기고 결국 나 같은 희생자가 생기고 거국적으로는 나라 발전에 해가 되는 거야. 알아?"

"나도 무서워서 그랬거든! 강도가 칼 들고 설치면 용감하게 '강도야!' 하고 외치는 사람도 있지만 무서워서, 죽기 싫어서 못 본 척할 수도 있는 거라구! 그리고 만약 내가 JSR이 주수림이라고 떠들었으면 윤미가 날 가만뒀을 거 같아? 솔직히 윤미가 나한테 은근히 협박도 했다구."

"뭐라고?"

"하늬가 사고를 당하고 나니까 만약에 수림이 얘기가 수면에 뜨면 우리가 걔 그렇게 만든 걸 모두 알게 될 거라고. 하지만 하늬는 이제 여기 없으니까 네가 옴팡 뒤집어쓸 게 아니냐면서……. 수림이네 아빠가 장난 아니었거든. 걔 자퇴할 때 학교를 다 뒤집어 놓고 난리였대. 그리고 걔네 오빠는 완전 양아치인데 걸리면 뼈도 못 추릴 거라고. 물론 지금은 군대에 갔지만. 암튼, 나 진짜 괴로워서 이 동네를 뜨고 싶었는데…… 엄마한테 이사 가자고 해도 씨알도 안 먹히고……."

그때 일을 떠올리는 것만으로도 두려운지 얼굴이 벌게진다.

"맞네, 뭐! 범인 은닉죄. 무고한 사람한테 뒤집어씌우자고 하는데 반항도 않고 쫄아서 시키는 대로 다하고."

"이미 너희 학교에 그렇게 소문났다는데, 그럼 내가 찾아가서 사실은 네가 아니라고 떠들고 다녔어야 한단 소리야? 너 같으면 그랬겠냐?"

나 같으면? 솔직히 자신은 없다. 내가 과연 남의 고통에 그렇게까지 목청을 높였을까? 그래도 말은 다르게 한다. 말과 행동은 원래 따로 놀기도 하는 거니까.

"그래도 나 같으면…… 찾아와서 직접 물어보는데 오리발은 안 내밀었을걸?"

말은 이렇게 했지만 내 스스로 회의적이다. 지난번 마을버스 안에서 소매치기를 봤을 때 솔직히 무서워서 못 본 척했던 기억이 있다. 그래서 얼른 초점을 돌린다.

"그래서 너희가 하늬 폰까지 지운 거야? 알리바이 만드느라?"

"아니야. 그건 하늬 사고가 나기 전에 이미 지워진 거야. 하늬가 수림이 땜에 그 카페에서 활동하는 걸 걔 오빠랑 아빠가 알게 되어서 난리가 났었거든."

"그럼 하늬네 오빠가 수림이 이야기를 안다구?"

"아니, 그건 모르지. 그냥 하늬가 공부도 안 하고 딴짓거리 하니까 핸드폰을 지우네, 머리 자르네 마네 했던 거야. 전학도 그래서 시킨 거구."

"공부하라고?"

"웅! 솔직히 강남에 간다고 공부가 저절로 되냐구! 암튼 걔네 아빠 엄청 부자인데 완전 아무 생각도 없는 사람이래. 정치할 거라면서 집에도 안 들어오고. 근데 하늬가 쓸데없는 짓거리나 하고 다녀서 쪽팔린다면서 강제로 미국 유학을 보낸다고 하니까 하늬가 반항 중이었거든. 그날도 집에서 뛰쳐나가다가 그렇게 된 거야."

"헐! 걔 오빠는 그렇게 말 안 하던데?"

"너 같으면 누워서 침 뱉겠냐? 걔네 오빠, 진짜 못됐어. 하늬가 공부 못한다고 맨날 쓰레기라며 개무시 했다구."

"그런데 운전사가 자살이라고 주장했다던데? 정말 그런 거야?"

"그런 거라는데…… 걔네 집에서는 사고라고 주장했나 봐. 그러다가 목격자가 나타나니까 학교에서 왕따를 당해서 그렇게 된 거라고…… 말을 맞춘 거 같아."

"헐! 그럼 일부러 따 시킨 애를 보러 온 것처럼 피해자 코스프레를 한 거야?"

"걔네 오빠가 나한테 물어봤는데 난 모른다고 했다, 뭐!"

"뭐라고 물었어?"

"걔네 오빠도 하늬 수첩을 열어 본 건지 JSR이 누구냐고 묻더라."

"아! 이제야 알았다. 네가 모른다고 하니까 윤미한테 물어본 거고 그때 윤미가 내 이름을 댄 거구나? 어쩐지 갑자기 하늬를 나한테 갖다 붙이더라니⋯⋯."

이제야 하늬네 오빠의 이상한 행동들이 다 이해가 간다. 하늬네 식구들은 자신들의 잘못을 덮으려고 알리바이를 만들었고, 윤미 역시 수림이 사건이 드러날까 봐 나를 엮은 것이다. 나는 아무 이유 없이 고스란히 누명을 뒤집어쓴 꼴이 되었고.

"근데 수림이가 뭐라디? 걔를 어떻게 만난 건데? 그리고 하늬 노트는 어디서 난 거구?"

"아니, 뭐⋯⋯ 여러 가지⋯⋯."

"너⋯⋯ 진짜 학폭위 열 거야? 윤미 꼰지르게?"

"글쎄⋯⋯."

그때 또다시 윤미에게서 전화가 온다. 시영은 여전히 안절부절 못한다.

"어쩌지? 근데 너, 윤미한테 따질 거야?"

"글쎄⋯⋯ 네가 따져!"

"내가 왜?"

"양심 선언해!"

"헛소리하지 마!"

"그럼 네가 그러더라고⋯⋯ 이러면서 내가 따질까?"

"아! 걔, 완전 폭탄이야. 폭탄 중에서도 지랄탄이라구."

"알아! 그냥 따진다고 먹힐 애가 아니라는 정도는."

"그럼 어쩔 건데?"

"생각해 봐야지."

확실한 증거가 없는 한 섣불리 윤미를 건드려서는 안 된다. 지금은 증거도, 증인도 불충분하다. 수림이는 잠적했고 하늬는 병원에 누워 있고 시영이는 버벅거린다. 어설프게 건드린다면 절대로 가만히 있을 윤미가 아니다. 지랄탄은 자폭할 것이고 결국 그 파편에 나와 시영이가 다칠지 모른다. 그리고 터진 뒤에도 분풀이가 계속 이어질 수 있다. 그것도 아주 교묘한 방법으로 말이다. 이번에는 '은따'를 시키겠지. 생각만 해도 무섭다. 고로 신중해야 한다.

나는 자고로 〈톰과 제리〉를 제외하고 약자가 강자에게 대들어서 이기는 경우를 본 적이 없다. 이건 확실하다. 우리보다 열등하다는 동물조차 본능적으로 다 아는 사실이다. 사자한테 삿대질하며 대드는 사슴은 없다. 아무튼 몰라서 못하는 거라면 모르지만 이제 다 아는데도 폭탄이 터질까 봐 쉬쉬해야 하는 나와 시영이 딱하다.

그때 전화벨이 또 울린다. 윤미다.

"진짜 질기디 질긴 계집애네."

"너, 걔랑 친해?"

"아니. 근데 오늘은 아까부터 이상하게 급 친한 척을 하네?"

"그냥…… 계속 씹어!"

"그럼…… 나중에 씨팔씨팔 한단 말이야."

"네가 더 세게 나가면 되잖아!"

"어떻게?"

"……십구!"

지금은 십구밖에 생각이 안 나지만 좀 더 합리적인 해결책을 찾을 수 있을 거라고 난 믿는다.

비밀의 꼬리를 잡고 늘어져 모든 걸 알고 나니 속은 시원하다. 하지만 왠지…… 빵빵하던 풍선의 바람이 다 빠져 쭈그렁탱이가 된 기분이다. 시영은 걱정이 되는지 깊은 밤에 내게 문자를 보냈다.

학폭위 열더라도 내 얘기는 빼 주면 안 됨?

난 아무 답도 못했다. 학폭위는커녕 내가 앞으로 할 수 있는 게 뭐가 있을지 전혀 감이 안 잡힌다. 윤미를 속으로 미워하거나 아님 째려보는 정도? 그리고 하늬네 오빠에게도 따지면 과연 순순히 인정을 할까? 이쯤 되면 알고도 하지 않는 것보다 몰라서 못하는 게 더 낫지 않나 싶어진다. 완전 괴롭다. 그래서 그런지 도통 잠이 안 온다. 난 잠이 오지 않는 밤이면 늘 숫자 세기를 한다. 오늘은 십팔보다 더 힘이 세지기 위해 십구부터 센다.

'십구, 이십, 이십일, 이십이…… 이십이?'

이십이? 불현듯 떠오르는 생각에 난 벌떡 일어나 앉는다.

'그래, 그거야!'

골리앗을 위한 덫

"이십이?"

간밤에 날린 내 문자가 궁금했던지 시영은 만나자마자 대뜸 묻는다.

"이십이가 아니라 이이. 이에는 이로 대응을 하자는 거지."

"어떻게?"

"걔가 우리에게 누명을 씌웠듯이 걔한테도 덫을 놓는 거야."

"덫? 어떻게?"

"걔가 꼼짝 못할 덫을 놔야지."

"누가?"

"네가!"

"내가? 미쳤어? 싫어!"

"아냐, 간단해. 그냥 넌 윤미하고 카톡으로 몇 마디 얘기만 나누면 돼."

내가 구상한 바는 이거다. 시영이 카톡으로 윤미에게 수림이 이야기를 자연스럽게 꺼낸다. 전에 있었던 사실 위주로 되새김질하듯 대화를 나눈다. 그러면 난 그걸 캡처한 뒤 증거 삼아 윤미에게 따진다. 이게 내 시나리오다.

"그러니까 물증을 잡겠단 거지?"

"응."

"야! 그럼 내가 너한테 꼰지른 게 되는 거잖아?"

"아니, 넌 그냥 모르는 사실이라고 딱 잡아떼. 아! 이럼 되겠다. 네가 핸드폰을 우리 문구점에 떨어뜨리고 갔는데 내가 그걸 주워서 전해 주려다가 본 거라고 하면 되잖아."

"그걸 믿을까?"

시영은 상상만으로도 걱정이 가득한 얼굴이다.

"너도 이젠 수림이 문제로부터 자유로워져야지. 안 그래?"

내 말에 눈동자를 굴리던 시영이 말한다.

"그럼 어쩌라구?"

"간단하다니까?"

하지만 말처럼 간단한 문제는 아니다. 왜냐하면 시영과 윤미는 평상시에 카톡으로 수다를 떠는 사이가 아니다. 그러니 새삼스럽게 수림이 이야기를 꺼내면 수상하게 여길 것이다. 윤미와 시영이 조금 친해지는 시간이 필요하겠구나 생각했는데 마침 그때 기적 같은 일이 벌어졌다.

윤미 쪽에서 먼저 시영에게 용건이 생긴 것이다. 도서관에서 시영에게 친한 척하기 시작한 것도 바로 그 이유다. 내용인즉 윤미가 도서관에서 웬 남학생과 썸을 타기 시작했는데 알고 보니 그 남학생이 바로 시영이네 반이었던 것이다.

윤미는 시영에게 그 남학생의 신상을 캐기 시작했고 더불어 시영이 자연스럽게 다리를 놔주었으면 하는 바람으로 급 친한 척을 하기 시작했다. 그래서 시영은 열과 성의를 다해 남학생의 신상을 보고했고 그러다 보니 이제는 윤미와 수시로 카톡을 주고받는 사이가 되었다. 물론 주로 그 남학생에 관한 이야기뿐이지만.

"이제 슬슬 말을 꺼내 봐."

"근데 무슨 얘길 꺼내야 해?"

"전에 윤미가 널 협박했다며? 수림이 얘기가 나오지 않게 조심하라고, 하늬가 저렇게 되었으니 네가 다 뒤집어쓸 거라고, 그딴 얘기를 했다며? 그 이야기를 함 해 봐."

"뭐라고 시작하지?"

"그냥 자연스럽게 옛날이야기 하듯이 꺼내."

"알았어."

호기롭게 대답하고 사라졌던 것과 달리 시영은 그다음 날 풀이
팍 죽어 나타났다.

"쉽지 않네."

"왜?"

"내가 '수림이 소식 알아?' 이렇게 말을 꺼냈더니 대번에 전화
를 하더라구."

"그래서?"

"나도 짱구가 아니니까 전화를 안 받았지. 나중에 화장실에 가
느라 못 받았다며 핑계를 대고 다시 카톡으로 수림이 이야기를 꺼
냈더니……."

"그랬더니?"

"'몰라!' 이게 전부야. 그래서 내가 '근데 수림이네 강아지는 대
체 누가 데려간 걸까?' 하고 물었거든? 난 늘 그 일이 제일 끔찍했
었어. 왜냐하면 공원에서 애들 여럿이 같이 있을 때 수림이가 잠
깐 한눈판 사이에 강아지가 없어졌거든. 그래서 그냥 잃어버린 거
라고 생각했는데 나중에 하니 말로는 윤미 짓이래. 윤미 가방이
꿈틀거리는 걸 분명히 봤는데 그땐 용기가 없어서 차마 말을 못했
다고. 그런데 나중에 윤미는 하니가 한 짓이라고 뒤집어씌웠고 나
까지 공범으로 몰았었어."

"대박! 윤미 걔 완전 개막장이구나? 암튼 그래서 물었더니 뭐래?"

"딱 잡아떼지. 잡아떼는 정도가 아니라 아예 기억을 못하는 척하더라?"

"뭐라구?"

"'어머! 그런 일이 있었니?' 이러더라구."

"헐!"

"그래서 내가 열 받아서 네 얘기를 꺼냈지. '윤미, 네가 하늬네 오빠한테 JSR이 장서란이라고 얘기한 거야?' 하고. 그랬더니……."

"그랬더니?"

"또 오리발이지. '내가? 왜? 누가 그래? 걔, 서란이가 그러디?' 그러면서 널 씹기 시작하는 거야."

기가 막힌다. 혹시 윤미야말로 어딘가에 가서 기억을 다른 걸로 이식받은 게 아닐까? 그렇지 않다면 사람이 저렇게 끝까지 거짓말을 할 수 있을까? 분노보다 의아함이 더 뭉글뭉글 솟을 지경이었다. 심지어 '혹시 진짜 윤미가 아닌 게 아닐까?' 하는 생각이 들었다. 내 말에 시영이 혀를 찬다.

"아니야! 내가 분명히 들었거든? 주수림 얘기가 떠오르지 않게 하려면 어쩔 수 없다고."

"알아! 송윤미 짓인 건."

"하여간에 강적이야."

"그래, 만만한 애가 아니야. 헌데 한편으론 안쓰럽기도 해. 윤미, 걔도 얼마나 수림이가 맘에 걸렸으면 저렇게 끝까지 거짓말을 하겠니?"

거짓말은 거짓말을 부른다. 그래서 거짓말은 늘 패거리로 다닌다. 서로가 서로를 덮어 주고 숨겨 주어야 하기 때문에 떼로 다녀야 한다. 윤미 역시 수림이 문제를 덮으려다 보니 본의 아니게 내 평계를 대면서 거짓말을 키우게 된 걸 거다.

"그러게."

나의 모든 계획은 수포로 돌아갔지만 그래도 나름 노력을 해 봤으니 이걸로 손을 털까 생각했다. 사실 난 복수에 그다지 취미가 없다. 복수를 하려면 집중력과 끈기가 있어야 하는데 난 그렇지 못하다. 게다가 요사이 시영과 친구가 되어 놀면서 모든 걸 서서히 잊어 가는 중이다. 죽을 것 같던 왕따의 고통도, 윤미에 대한 분노도. 심지어 시영과 나는 완전 닮은꼴이다. 인정하고 싶지 않지만 그렇다. 비겁한 면이나 합리화를 잘하는 면이 특히 그렇다.

"우리 다 관둘까?"

"그러자!"

우리는 그렇게 합의한 뒤 윤미를 털어내고 편하게 지냈다. 평범

한 친구 사이로. 다만 추궁을 하다가 친구가 되어서인지 그 뒤로도 우리는 놀이 삼아 서로를 닦달했고 그러면서 서로를 알아 갔다.

"어떻게 인간이 절친 문병을 안 가?"

"병원 앞까지는 여러 번 갔었거든! 그리고 마음으로는 수천 번도 더 갔었다구. 그리고 하늬는 어차피 내가 가도 알아보지 못하잖아!"

"그런 말은 누가 못해? 지옥에서도 좋은 의도는 넘친다더라!"

"난 하늬가 아픈 걸 보는 게 무서워서 못 들어간 거임."

"주수림 건에 엮일까 봐 짱 박힌 거 아니고?"

"으으…… 짱 나! 미치겠다 꾀꼬리라구! 나 좀 그만 괴롭히라구!"

시영은 귀를 막고 몸을 비튼다. 이쯤에서 그만 씹어야지.

"알았다구! 말끝마다 '구' 좀 붙이지 말라구. 구구거리니까 비둘기 같다구."

사실 시영에게 수림이는 아픈 상처다. 어쩌면 지랄탄보다 더 무서운 폭탄일 수도 있겠다. 세상에는 피해자가 되는 것보다 가해자가 되는 게 더 힘든 사람이 있다. 시영의 경우가 그렇다. 자신은 별생각 없이 돌을 던졌는데, 시영의 표현대로라면 '남들이 하니까 나도 안 하고 있으면 뻘쭘해서' 그랬는데 그 돌에 수림이가 상처를 입어 결국 '히키'가 되었다니 괴로울 수밖에.

시영은 그 기억을 땅속에 묻고 완벽하게 까먹을 수 있다면 얼마나 좋을까 하고 수만 번도 더 생각했단다. 머리에 뚜껑을 열고 수림에 관한 기억만 살짝 도려내는 수술을 50만 번도 더 바랐단다. 사실은 그래서 하늬의 아이디로 기억의 창고 카페에 몰래 들어갔었단다.

"아! 그게 너구나? 누군가 했네."

"응. 하늬 아이디랑 비번은 전부터 알고 있었으니까. 전에 하늬가 기억 이식이니 뭐니 떠들기에 닥치라고 했었는데 하늬가 사고를 당하고 난 뒤 그 생각이 나더라고. 솔직히 난 하늬가 벌받은 걸지도 모른다는 생각이 들어서 무서웠거든. 그래서 뭐든 해야겠다고 생각했지. 그 카페에서 이식도 한다니 혹시 지우는 것도 가능할까 싶어서."

시영의 진심 어린 말을 들으면서 나는 그 애의 얼굴 위에 빨간 펜으로 동그라미를 그렸다. 물론 머릿속으로 말이다. 시영의 마음이 500퍼센트 이해가 된다. 괴로워할 줄 아는 것도 공감의 능력이니까. 사실 요즘에는 반 친구들끼리 머리 터지게 싸워도 말리기는커녕 핸드폰 카메라를 들이대며 동영상을 찍고 낄낄거리는 애들이 허다하다. 약한 애가 일방적으로 당하고 있어도 누구 하나 도와줄 생각을 안 한다. 심지어 인터넷에서는 죽어 가는 사람을 찍은 동영상도 돌아다닌다고 한다. 무서운 일이다. 그런 의미에서 난 시영의 따스한 공감 능력에 점수를 주고 싶다. 하지만 내 입은 맘과 다른 노선을 타고 어깃장을 친다.

"왜? 넌 잘못한 게 한 개도 없담시!"

"한 개도 없다고는 안 그랬다, 뭐! 나도 걔한테 사과하고 싶었는데 그렇게 잠수를 탈 줄 누가 알았나? 암튼…… 카페에 들어가서 보니까 하늬가 그동안 수림이한테 엄청 노력했더라구. 수림이가 히키로 집에 처박혀 있으면서 인터넷은 줄창 하니까. 그걸 알고서는 자연스럽게 카페로 불러들이곤 이런저런 이야기도 들어주고, 날밤을 꼴딱꼴딱 새우면서 체험 후원도 하고……."

"그런 거야? 그럼 수림이는 하늬가 지란지교인 걸 알아?"

"모르지."

"근데 어케 그곳으로 데려왔어?"

"히키코모리 카페가 있거든. 거기에 들어가서 기억 창고 카페를 홍보했다나 봐."

"애썼네!"

"그랬지. 그래서 나도 처음에는 수림이에 대한 기억을 잊으려고 카페에 들어갔다가 어느 날 결심을 했어. 내가 수림이를 잊을 수 있는 진짜 방법은 수림이를 돕는 일이란 걸. 히키로 살지 않고 세상 밖으로 나올 수 있게 도와주자. 그래서 하늬의 아이디로 들어가서 수림이 친구를 자처한 거야."

난 또 한 번 빨간 펜을 들어 과감하게 동그라미를 그린다.

"그래?"

"근데…… 걔랑 얘길 나눠 보면 정말 이상한 소리만 하고…… 이해 못할 소리를 넘 많이 해서…… 암튼 걔랑 챗을 하고 나면 맘이 안 좋아서 눈물이 나더라고."

그 말을 하면서 또 시영은 눈물을 글썽거린다. 난 한꺼번에 동그라미 세 개를 더 그렸다. '동그라미가 다섯 개가 되면 쟤랑 친구 먹어야지.'라고 생각했었는데. 어느새 다섯 개가 되었다. 착한 애니까. 비겁하긴 해도 인정이 있는 아이였다.

그렇게 우린 친구가 되었다. 학교가 다르기 때문에 주로 도서관에서 만나 같이 놀거나 공부하며 지냈다. 친구가 있다는 평범한 사실이 이렇게 행복한 일인 줄 정말 몰랐다. 그렇게 평화로운 시간이 계속될 줄 알았는데…… 어느 날 윤미가 또다시 내 인생에 발을 걸었다.

안 그래도 기분이 좋지 않은 날이었다. 나름 준비한다고 한 기말시험을 완전히 망쳤고 또 간헐적으로 배를 쥐어뜯는 듯한 생리통까지 신경을 건드렸다. 그리고 엄마가 캐나다에서 예정보다 더 오래 계시기로 한 것도 짜증 나는 일 중 하나다. 엄마가 이모한테 내 선물을 부쳤다고 해서 네일샵을 하는 이모네 가게에 들렀는데 정작 이모는 깜빡하고 자기 집에 선물을 두고 왔단다.

"쏘리! 슈슈가 출산을 해서 내가 할머니 역할을 하느라 정신이 없었어. 네가 한 마리 가져다가 키울래?"

회색 슈나우저, 슈슈는 싱글인 이모의 유일한 식구다. 생긴 건 완전 할아버지 얼굴이던데 출산을 했다니 신기하다. 뒤이어 이모는 별일 아니라는 듯이 말을 덧붙였다.

"참! 네 엄마가 장기전으로 돌입할 셈인가 보더라."

장기전이라니? 그럼 엄마가 금방 돌아오지 않는다는 소리인데……. 이모한테 자세히 묻고 싶었지만 손님이 많아서 그냥 돌아와야 했다. 사람에게 손톱이 열 개나 있는 게 이모한테는 너무 버거워 보였다. 두 개만 되었더라도 기다렸다가 이모랑 이런저런 이야기를 나눌 수 있을 텐데…….

집에 들어와 씻고 자려는데 아빠가 친할머니와 텔레비전을 보다가 나를 부른다. 거실로 나가 보니 두 분이 텔레비전을 보면서 키득거리신다.

"저 여자, 서란이 너 닮았다!"

할머니가 웬 이상하게 생긴 연예인을 가리키며 나랑 닮았단다. 기분이 나빴다. 엄마가 캐나다에서 오래 머무는 이유를 두 분께 물을 수 없는 것도 화가 난다.

"안 닮았는데요."

"잘 봐라. 요기 턱 선하고 입하고, 딱이네."

"진짜 아니거든요."

"맞고만!"

아빠까지 말을 거든다. 점점 더 기분이 안 좋아진다. 간신히 참고 있는데 할머니가 염장을 지른다.

"그래도 쟈가 많이 예뻐진 거다. 전엔 까무잡잡한 얼굴에 눈은 콩자반 같이 요래 까맣기만 한 게 톡 붙고 키는 땅바닥에 딱 붙어 가지고."

"고만해요!"

내 반응이 곱지 않아서일까? 할머니가 화를 내신다.

"가시나, 성깔하고는. 제 엄마 닮아 가지고 발끈한다."

"할머니는 여기서 왜 엄마 얘길 해요?"

"딸이 엄마 닮았단 이바구 하는데 그게 뭐 흉이가? 그라고 할미가 손주한테 농도 못 치나? 지 먹이고 입힐라꼬 먼 길서 왔고만. 아이고, 늙었다고 깔보는 기가? 야야, 이게 다 지 애미가 평상시에 낼 씹어싸 가지고 쟈까지 날 무시치는 기라. 애들은 다 지 어매 닮는 기다."

난 솔직히 친할머니가 진짜 싫다. 아무도 내게 말은 안 하지만 난 이미 눈치챘다. 엄마가 이렇게 오랫동안 캐나다에 계시는 건 외할아버지 때문이 아니라 친할머니 때문이라는 걸. 그래서 엄마 아빠가 별거 중이라는 걸. 엄마가 캐나다에 갔기 때문에 친할머니가 우리 집에 온 게 아니라, 친할머니가 우리 집에 왔기 때문에 엄마가 캐나다로 떠났다는 걸. 이번이 처음이 아니라서 그 정도는 나도 다 안다. 그런데도 친할머니는 화해를 붙일 생각은 안 하고 틈만 나면 엄마 흠을 잡는다.

"들어가! 다 큰 년이 어른이 농담하시는 것도 못 받냐!"

아빠가 버럭 소리친다. 이럴 줄 알았다. 난 입을 닫는다. 여기서 입을 더 열었다간 난리가 난다. 텔레비전에서는 날 닮았다는 연예인이 침을 튀기며 떠들어 대고 있다. 하고 싶은 말을 맘대로 할 수 있다는 게 정말 부럽다. 내 방으로 들어가려는데 아빠가 기어코 한 소리 더한다.

"계집애가 맨날 꿍해 가지고. 너만 공부하냐? 온 세상 애들이 다 하는 공부인데…… 잘하는 것도 아니면서 꼴난 학교 좀 댕긴다고 맨날 뿌 해서는. 네가 걱정이 뭐가 있어? 다 먹여 주고 입혀 주는데 걱정이 어디 있냐고!"

"그러게 말이다. 등 따시고 배부르니 그러는 거 아이가."

참다 못해 나도 모르게 비명을 지르며 방문을 쾅 닫았다.

"아, 짱 나!"

참았어야 했다. 그 순간을 못 참은 벌로 다음 날 가게를 보라는 명을 받았다. 아빠는 내가 등 따시고 배불러 나날이 오만불손해지니 가족의 일원으로서 문구점 일을 도우면서 노동의 가치를 배우라고 말했다. 기말시험을 막 끝냈으니 용돈이라도 주면서 푹 쉬라고 해야 할 판에 무급 알바를 하라니! 잔인하기 짝이 없다.

다음 날 일찍 가게로 나갔다. 그래도 아빠는 동창 모임에, 할머니는 친척집에 가신다니 얼마나 다행인지…… 적어도 잔소리를 들을 일은 없다는 게 그나마 위로가 되었다. 잔소리를 듣고 있으면 쥐구멍을 찾아 갈팡질팡하는 쥐가 된 듯한 기분이다. 적어도 사람에게 쥐가 된 것 같은 기분은 느끼도록 만들지 말아야 한다는 게 내 주장이다.

과묵한 실장님과 쾌적하게 문구점을 지키고 있었다. 오전 나절이라 손님이 없어 호젓하게 폰을 만지작거리고 있는데 내 눈앞에 황당한 모습이 연출되었다. 내가 연출이라고 표현하는 데는 이유가 있다. 이 문구점이 장서란네 문구점이라는 걸 절대 모를 리 없는 송윤미가 와서 펜을 고른다. 것도 보란 듯이 천천히 뒤적거린다. 사이사이 나를 의식하며 옆에 달고 온 촌스럽게 생긴 애랑 쑥덕거린다. 쟤는 또 어디서 굴러먹다 온 애일까? 분명 우리 학교 애는 아니다.

"여기요!"

부르는데 안 갈 수가 없다. 지금 이 순간 난 이곳 알바다. 존댓말을 하는 폼이 이번에는 손님 놀이를 하려나 보다. 참 가지가지 한다. 쟤는 언제까지 저러면서 살 건지…….

"여기에 샤프도 같이 들어 있는 거 없나요?"

볼펜과 샤프가 한데 묶여서 한 구멍으로 사이좋게 들락거리는 멀티펜을 찾는다.

"이거예요."

"근데 볼펜이 삼색인 건 없어요?"

"이게 전부인데요."

"샤프까지 네 개 달린 건 없단 소리예요?"

생각 같아선 '없어! 꺼져!' 이렇게 말하고 싶었지만, 난 알바다.

"네."

"응. 네 가지가 없구나. 네 가지가 없다네. 역시 여긴 네 가지가 없어."

옆에 있는 촌스러운 애를 바라보며 연신 '네 가지'를 들먹인다. 차라리 '싸가지'라고 하지. 이건 개그도 아니고 뭐 하자는 건지 모르겠다. 촌스런 애도 연습하고 온 애처럼 대사를 친다.

"어머! 정말 여긴 네 가지가 없네."

이건 명백한 도전이다.

'대체 왜 또 이러는 거야? 그동안 나한테 해댄 것만으로 성이 안 차는 걸까? 그리고 얘는 내가 오늘 여기서 알바를 한다는 사실을 어떻게 안 걸까?'

나는 머릿속으로 이런저런 생각을 굴리며 접착 시트들이 있는 후미진 구석으로 들어간다. 상대하고 싶지 않아서다. 그런데 얘가 굳이 날 따라온다. 갑자기 겁이 난다. 혹시 나를 코너에 몰고는 욕이라도 하려는 게 아닐까? 어쩌면 침을 뱉을지도 모른다. 쟤는 얼마든지 그럴 수 있다. 유치 찬란의 정점에서 물구나무서기를 하는 애니까. 난 바로 턴해서 매장 한가운데로 나온다. 경우에 따라서는 약간 비굴해 보일 수도 있겠지만 절대 무섭기 때문만은 아니다. 다만 그런 상황을 만들고 싶지 않기 때문이다. 왜냐하면 난 윤미를 상대로 인내심이 바닥난 상태다. 인내심은 제로이고 분노는 거의 임계점에 이르렀다. 건드리면 터진다. 아까도 말했듯이 나는 사람인데 쥐가 된 기분이 들게 만드는 건 정말 용서가 안 된다. 그러니까 부디 날 건드리지 마라!

"깝치지 말고 조용히 살아라."

내가 해야 할 대사를 윤미가 먼저 날린다. 선빵의 대가다. 난 실장님을 의식해서 조용히 묻는다.

"고객님, 뭐 찾으세요?"

난 알바니까.

"네가 뭔데 누가 작당을 했다느니 그딴 개소리를 털고 다니냐고?"

아마도 얼마 전에 시영이가 '네가 서란이를 JSR이라고 한 거야?' 하고 물어본 것 때문인가 보다. 적반하장도 유분수지.

"고객님, 개소리라뇨?"

"야! 장난하냐?"

내 말에 윤미가 보기 드물게 펄펄 뛴다. 싸움은 어차피 기싸움이다. 균형을 잃었을 때 완전히 기선 제압을 해야 한다. 난 '썩소'를 날리며 말한다.

"적반하장이란 말 알지? 네 죄는 네가 알 텐데…….'

"내 죄가 뭔데?"

"송윤미, 네가 한 일을 네가 몰라? 바보야? 아니면 단기 기억상실증 환자야? 그러니 너야말로 고만해라. 더 이상은 나도 안 봐준다."

오늘 말이 좀 된다. 그럼 여기까지만! 그때 마침 문구점 안으로 한 무리의 여중생들이 들어서는 게 보였고 난 돌아서서 카운터 쪽으로 향했다.

"장서란, 거기 서!"

윤미가 분에 못 이겨 소리를 질렀다. 매장 안에서 이러면 곤란한데 기어코 지랄탄이 폭발을 할 모양이다. 설 수도, 안 설 수도 없다. 이 와중에도 머릿속으로는 오늘 아빠가 안 계신 게 얼마나 다행인지를 떠올리고 누군가에게 감사 기도를 하게 된다. 나는 맨날 이중고다. 남들은 부모가 앞장서서 싸워 준다는데, 나는 내 문제를 부모님에게 숨기느라 전전긍긍해야 하다니. 소녀 가장보다 크게 나을 게 없는 환경이다.

"너, 거기 서라고 했다."

목청이 커지는 게 걱정이 되어서 난 뒤돌아 잠시 휴전을 제의해 본다.

"밖에서 이야기하자."

"누구 좋으라고?"

"너 좋으라고."

"눈물 나게 고마운데 여기서 해."

난 밖으로 나가자는 의도로 윤미의 팔을 잡았다. 한데 갑자기 윤미가 이상한 말을 한다.

"어쭈구리! 이게 누굴 쳐!"

그리고 뒤이어 와장창! 요란한 굉음이 매장을 울린다. 윤미가 나한테 잡힌 팔을 빼면서 소품 코너의 진열대를 친 거다. 거기에는 도자기 인형과 도자기 저금통들이 오밀조밀 놓여 있었다. 진짜 황당하게 일이 꼬인다. 실장님이 안경을 머리 위로 얹으며 허겁지겁 달려온다. 그러고는 마치 윤미가 나를 도자기로 패기라도 한 것처럼 내가 무사한지 살핀 후 다짜고짜 윤미에게 삿대질한다.

"학생! 보자보자 하니까 진짜 못 쓰겠네!"

보자보자 하며 계속 보고 계셨나 보다. 윤미가 혼나는 건 통쾌했지만 왠지 불길했다. 그리고 나의 불길함은 이번에도 적중했다. 융통성 없는 실장님은 끝까지 윤미에게 청소까지 하고 가라고 다

그쳤고 급기야 기물파손죄로 경찰에 신고하겠다며 초딩한테도 안 먹힐 협박을 하셨다. 그런데 사실 실장님은 진짜로 그러실 분이다. 윤미는 헐! 소리를 열 번쯤 터뜨리더니 옷을 털고는 그대로 나가려고 했다. 나 역시 실장님께 내가 치우겠다며 상황을 무마하려 했다. 하지만 실장님은 기어코 전화를 드셨다. 결국 그 으름장에 놀라 윤미는 청소를 하고 대걸레질까지 해야 했다. 하지만 나는 절대로 그게 끝일 수 없다는 걸 막연하게 느꼈다. 그리고 그 느낌은 다음 날 현실이 되었다.

다음 날 모처럼 달디 단 늦잠을 자는데 친할머니가 방문을 열고 내게 고함을 쳤다. 귀가 따가울 정도로.

"가시나, 니 어제 가게서 뭔 짓을 한기고? 웬 여자가 와서 우리 매장을 뒤집는다카이!"

잠결인데도 대번에 어제의 사건이 떠오른다. 간단치가 않은 아이니 당연한 결과다. 수순처럼 윤미의 엄마가 뒷수습을 하기 위해 찾아왔겠구나 싶어 가슴이 답답해진다.

경험상 애들 일에 어른이 끼어들면 무지 복잡해진다. 어른들, 중딩 못지않게 안 어울리고 싶은 사람들인데…….

황당하다. 내가 놓은 덫에 내가 걸린 기분이다.

누군가는 해야할일

야! 쌤 까는 거냐?

문구점을 향해 허겁지겁 걸어가며 카톡을 날린다. 시영은 어제
부터 연락 두절이다. 살살 불길한 기운이 느껴진다. 어제 윤미가
나를 겨냥하고 문구점으로 찾아온 건 시영이 또한 어제 그 사건
을 전혀 모를 리 없다는 걸 반증한다. 왜냐하면 어제 내가 문구점
에서 알바를 하고 있다는 걸 아는 사람은 시영이밖에 없었으니까.
그러므로 지금까지 시영이 소식 불통인 것은 그냥 우연히 벌어진
일이 아닐 것이다.

야! 너 비겁하게 잠수 타는 거지?

대답은 없지만 내 말이 맞을 가능성이 높다. 또 무서워서 피하는 거겠지. 치사하다. 윤미와 둘 사이에 무슨 이야기가 오갔는지 정도는 나한테 미리 귀띔해 줘야 하는 것 아닌가? 그래야 내가 지금 적진에 들어가서 제대로 된 공격을 할 수 있을 텐데. 문방구 앞에 도착했지만 난 선뜻 안으로 들어서지 못한다. 무섭다. 저 안에서는 이미 전쟁이 벌어지고 있을 테니까. 윤미와 윤미네 엄마 그리고 우리 아빠와 할머니까지 뒤엉켜 악다구니를 쓰고 있으리라.

이시영, 너 치사 빤쓰다!

이렇게까지 썼는데 답이 없다. 카톡을 날리는 족족 옆의 숫자가 지워진다는 건 메시지를 보고 있다는 것인데도 답은 없다.

관둬라!

문구점 안으로 들어섰다. 윤미만 안 보일 뿐 나머지는 내 추측을 빗나가지 않았다. 카운터 한가운데에 딱 버티고 선 윤미네 엄마가 씩씩거리고 있다. 나이가 무색할 정도로 찰랑거리는 생머리에 각이 진 얼굴 그리고 파충류처럼 양미간이 넓은 것까지 한눈에 윤미의 엄마인 걸 알겠다.

"암튼 저희는 사과를 받아야겠어요."

"애가 잘못을 했으니까 어른이 교육 차원에서 뒷수습하고 가라고 한 게 왜 사과할 일입니까?"

"잘못하지도 않은 애, 게다가 여고생에게 강압적으로 모욕을 느낄 만한 벌을 준 게 폭력이지, 교육인가요?"

"모욕은 젠장! 시비 걸러 와서 사고 친 애가 뭔 모욕?"

"이보세요! 아저씨."

"제가 왜 아저씨입니까?"

"그럼 아줌마예요?"

윤미네 엄마와 우리 아빠와의 유치 찬란한 대결이 끝도 없이 이어지고 있다. 화해의 접점을 찾을 길은 없어 보인다. 난 구석에서 고개를 떨구는 일 외에는 할 게 없다. 내 이야기를 들어 보는 시간은 전혀 마련되어 있지 않았다. 완전 실망이다. 사실 할머니의 이야기를 듣고 헐레벌떡 문구점으로 향하면서 처음에는 암담했지만 한편으로는 좋은 기회가 될지도 모른다는 낙관을 했었다.

'이참에 다 털자! 어른들에게 낱낱이 고하고 그래서 이 기회에 만천하에 윤미의 만행을 터뜨리자.'

이렇게 생각했지만 이곳은 오로지 어른들만을 위한 곳이다.

"저기……."

잠깐의 틈새를 비집고 내가 운을 떼 보지만 할머니가 내 말을 자른다.

"아니! 애덜이 쌈박질하다 생긴 일에 와 어른이 끼는 거고? 것도 아침 댓바람부터. 남의 영업집에 재수 없게시리 여자가 와서 이 뭐 하는 짓이고?"

할머니의 말에 윤미네 엄마의 얼굴이 붉어지기 시작한다. 위기감이 고조되어 살벌한 분위기가 조성된다.

"이, 것, 보, 세, 요."

윤미네 엄마가 음절마다 힘을 주어 말하는데도 할머니는 전혀 분위기 파악을 못하신 눈치다. 할머니는 당신이 얼마나 위험한 발언을 하신 건지 전혀 모른다. 그러고는 윤미 엄마보다 두 배는 더 역정을 낼 기세다.

"뭘 보란 말이고! 아니…… 그라고 한참 위인 사람한테 젊은 엄마가 그게 뭔 말솜씨라요?"

고성이 오가기 시작하는 시점에서 난 밖으로 나와 버렸다. 이쯤 되면 지금부터는 우리와 전혀 상관없는 어른들만의 감정 싸움이 진행될 것이다. 싸움이 어떻게 진전되든 분명한 것은 이로 인해 나와 윤미 사이에는 깊고 확실한 미움의 골이 생길 것이라는 점이다. 그리고 그 골을 빌미로 내게 또 무자비한 공격을 해 댈지도 모른다. 갑갑한 마음에 다시 시영에게 전화를 건다. 신기하게도 이번에는 받는다.

"너 뭐야?"

내가 반가움 20퍼센트에 짜증과 원망이 80퍼센트 정도 섞인 목소리로 말하는데도 시영은 전혀 개의치 않고 마치 천사처럼 순진무구함 그 자체인 어투로 답했다.

"뭐가?"

"뭐가라니? 왜 연락이 안 되냐구!"

"그럴 수도 있지, 뭐!"

첫마디부터 배신의 기운이 폴폴 솟아오르더니만 아니나 다를까 시영은 내게 확실하게 선을 긋는다.

"이제 난 빠질래."

"그게 뭔 소리?"

"너희 싸움에서 빠진다구."

'너희'란 표현이 무지하게 섭섭했다. '1' 지점에 내가, '10' 지점에 윤미 그리고 딱 '5'인 지점에 시영이 있었다는 말과 다를 바 없다. 난 시영과 같은 곳에 있다고 믿었는데 그게 아니었나 보다.

"이게 왜 우리 둘 싸움이야? 네 문제도 있는데?"

"아, 몰라! 그건 옛날에 다 지나간 거거든? 암튼 난 끼지 마!"

그러고는 더 이상 긴말을 안 하겠다는 표현도 우회적으로 한다.

"그리고 난 이제 공부에 전념할 거야. 어제 빡세게 하는 종합반 학원에 등록했고 다음 주부터는 폰도 엄마한테 맡기기로 했어."

이 말은 마치 절교 선언처럼 들린다. 이제 곧 방학이 시작되면 도서관에서 매일 만나게 되겠구나 하고 좋아했는데…….

"얼씨구! 또 도망치는 거네?"

"쉽게 풀 수 있는 문제도 아니고 진창으로 계속 빨려 들어가는 것 같을 때는 다른 데로 피하는 게 최선이래."

"누가 그래?"

"누군가."

그 '누군가'가 누구인지는 모르겠으나 시영이 피하고 싶은 다른 데가 어디인지는 알게 되었다. 그날 오후, 자습서를 사 가지고 나오는 길에 서점 앞에서 황당한 장면을 목격했다. 처음에는 설마 했다. 내가 잘못 본 것이길 간절히 바랐다. 근데 아무리 길 건너편이라 해도 뻥 뚫린 대로라 도저히 잘못 볼 수가 없다. 시영과 윤미 그리고 몇몇 애들이 분식집에서 줄줄이 나왔다. 심지어 남학생들도 있었다. 그리고 길 건너까지 아이들의 자지러질 듯한 깔깔거림이 들려왔다.

허둥지둥 쫓기듯이 집으로 돌아왔다. 허탈했다. 팔다리가 잘려 나간 기분이다. 아무 생각도 할 수 없어서 교복을 입은 채 침대에 누웠다가 잠이 들었는데 뭔지 모를 실체도 없는 무언가가 나를 내

리누르는 것 같아 놀라서 깼다. 일어나 앉아 한참을 소리 죽여 울었다. 울면서 내 가슴에 분명하게 고이는 욕구 하나를 읽었다. 그것은 어떻게든 시영이를 잃고 싶지 않다는 절절함이었다. 이제 다시는 친구 없는 시간으로 돌아가고 싶지 않으니까. 하지만 인생이 내 맘대로 되지 않는 것쯤이야 이미 오래전에 터득한 바다.

예전에 종이비행기를 날릴 때에는 차라리 오기 같은 것이 있었다. 투명 인간 놀이를 하는 윤미를 향해 밥풀을 날릴 때에도 약간의 배포 같은 것이 있었다. 전따인 와중에도 나름 중심을 지켰던 것 같다. 그리고 기억의 창고 카페에 들어가고 체험 대여방을 들락거리며 배운 걸로 뇌 뺑치기를 할 때는 내 자신에게 얼마든지 홀로 설 수 있다며 자신감을 심어 주었다. 그랬던 나인데…… 시영과 친구가 되고 난 뒤 지금은 더 나약해진 것 같다. 아니, 나약해진 게 아니라 그만큼 더 절실함을 알게 되어서인지도 모르겠다. 시영과 나누었던 그 말랑말랑하고도 따뜻한 시간들이 나를 더 허약하게 만들었다. 사랑이 사람을 강하게 만든다는 말은 순전히 뻥이다. 사랑은 사람을 쪼다로 만든다.

그렇다면 시영을 잃지 않을 방법은 뭐가 있을까? 윤미에게 대적하지도 않고 아무것도 문제 삼지 않으면 되는 걸까? 막연하게나마 그건 정답이 아니라는 생각이 든다. 왜냐하면 이미 시영은 저쪽으로 건너갔기 때문이다. 물건이라면 들어서 옮겨 놓을 수 있지만 애석하게도 시영은 자기 의지를 가지고 건너간 사람이다. 그러므로 지금 내가 집중해야 할 생각은 '나의 나아갈 바'뿐이다.

답답한 마음에 늦은 시간임에도 불구하고 이모에게 카톡을 넣었다. '똑똑!' 노크만 하고 답이 없으면 관두려고 했는데 이모는 깨 있었다며 '까꿍!' 하고 답한다.

이모, 잘 시간이지만…… 뭣 좀 의논해도 될까?

잘 시간이 뭐 따로 있나? 싱글들의 시간은 원래 정해져 있는 게 없단다. 내가 우주의 중심이니까. 그러니까 편하게 물어봐.

그러고는 이모는 손가락에 쥐가 날 것 같다면서 전화를 했다. 난 이불 속에서 작은 소리로 속살대며 이모와 통화했다.

"아니…… 이모, 내 얘기는 아니고…… 내 친구 이야긴데……."

엄마에게 이야기가 샐까 봐 이렇게 서두를 시작했다. 그간의 이야기를 간략하게 줄여서 설명하고 어떻게 생각하느냐 물었다. 그러자 늘 하이 톤으로 명쾌하게 이야기하는 이모답게 이것저것 더 캐지도 않고 대번에 답으로 돌진한다.

"도망친다고 문제가 없어지진 않잖아. 문제를 덮어놓는다고 없어질 것도 아니고. 세상의 모든 문제에는 태생적으로 도돌이표가 달려 있어서 해결하지 않으면 언젠가는 어떤 식으로든 다시 되돌아오게 되어 있지. 그러니까 결론적으로 누군가는 뭐라도 해야 하지 않을까?"

"그럴라나? 근데 워낙 고약한 애니까 그냥 피하는 게 나은 거 아닐까? 그런 말이 있잖아. 더러워서 피한다는 말."

"그건 합리화지. 무서워서든 더러워서든 한번 피하면 자기 삶의 이력으로 남아서 반복되기 쉽거든. 살면서 문제가 생길 때마다 계속 피하게 된다고."

"반복된다구?"

"있잖아. 내가 아는 언니가 남편하고 문제가 있을 때마다 집 안에서 해결할 생각은 않고 자꾸 친정으로 튄다니까. 벌써 열 번째야. 근데 이번에는 돌아가서 정면 박치기를 하겠다더라. 처음에 문제를 해결했었더라면 지난 아홉 번의 가출은 없었겠지."

이모는 지금 엄마 이야기를 하고 있다.

'아! 엄마가 장기전을 한다더니 드디어 맘을 바꿨구나.'

"그런가? 정면 박치기를 해야 하려나?"

"그렇잖아. 아예 몰랐다면 어쩔 수 없지만 나쁜 애인 게 뻔히 드러났는데 모른 척할 수 없는 거잖아. 하다 못해 짱돌이라도 던지고 끝내야지, 안 그래? 하나는 사고로 없고, 하나는 방으로 숨어들었고, 하나는 비겁하게 배신을 때리고 꼬붕으로 들어갔다니, 남은 친구가 뭔 행동이라도 해야 하지 않겠어? 내가 듣기로는 거기까지 문제를 캐고 들어갔을 정도라면 힘이 있는 친구 같은데, 어때?"

"글쎄…… 난 모르지."

"아! 그렇군!"

"근데…… 이모!"

"왜?"

"엄마 정말 오는 거야?"

"글쎄, 난 모르지. 분명한 건 내가 아는 언니는 돌아간대."

"이모가 아는 언니…… 나도 아는 거 같은데."

"그래? 그럼 그 언니 딸도 아니?"

"응."

"그 언니 딸은 제 엄마랑 달라서 훨씬 똑똑하더라. 물론 엄마 닮아서 소심하고 배포가 작은 게 흠이지만. 그래도 걔는 문제를 들여다보는 힘도 있어서 제 엄마보다 훨 낫지. 암튼 네 친구 일도 잘되었으면 좋겠다. 홧팅이라고 전해 줘!"

"어, 이모가 아는 언니도 중간에 맘 바꾸지 말고 얼른 집으로 잘돌아갔으면 좋겠다."

"당근이야!"

다음 날부터 나의 화두는 '누군가는 해야 할 일'이 되었다. 그리고 그 누군가는 바로 나여야 한다고 결정했다. 적어도 난 도망치지는 말아야겠다고 결심했다. 도망질은 엄마가 했던 열 번과 시영의 것만으로 충분하다. 난 건널목에 누워 통행을 방해하는 입간판을 치우면서 속으로 '누군가는 해야 할 일'이라고 중얼거렸다. 학교 급식실 의자가 자빠져 있는데도 다들 비켜 지나가는 걸 보고 나는 '누군가는 해야 할 일'이라고 읊조리며 의자를 바로 세워 놓았다. 독서실 의자에 삐져나온 나사못도 '누군가는 해야 할 일'이라며 돌려 밀어 넣었다. 바른 생활을 하겠다고 작정을 한 게 아니다. 그보다는 도망치지 않겠다는 각오를 다지려는 거다.

'내 앞에 닥친 일을 피하지 않겠다!'

피하지 않겠다는 각오를 하고 나서 윤미와 친하게 지내는 시영을 떠올리니 그다지 괴롭지 않다. 시영과 나는 지금 다른 길을 가고 있는 거니까. 우리는 서로 다른 쪽으로 가는 표를 끊었다고 생각하니 쿨하게 받아들이게 된다. 다만 윤미에 관한 일은 그냥 덮어서는 안 된다는 각오를 다진다. 거기에는 분명하게 '누군가는 해야 할 일'이 남아 있으니까. 나 같은 피해자가 또 생기지 않도록 하려면 뭔가를 해야 한다.

이모가 말한 대로 짱돌이라도 던지기 위해서는 우선 배포부터 키워야겠다고 생각했다. 그러고는 나아갈 바를 찾아야지. 그래서 기초 체력을 단련하는 차원에서 워밍업으로 모처럼 '기창고' 카페에 들어갔다. 그곳에서 나는 모처럼 빨간 모자와 이야기를 나눴다. 안부도 전하고 진부한 덕담도 나누면서 빙빙 겉돌다가 느닷없이 물었다.

"어떡하면 배포를 키울 수 있죠?"

체험 대여방에 들어가 배포, 오기, 자신감 파트를 뒤적거렸지만 어떤 식으로 기억을 이식해야 할지 잘 모르겠다.

"일단 믿으세요."

"뭘요?"

"자신을 믿으세요. 우리의 믿음은 행동을 제한할 수도, 자극할 수도 있습니다. 운전 중 도로에서 차선을 바꿀 때 거대한 화물차가 끼어들 수 있을 만한 공간을 앞에 두고도 망설이는 사람이 있죠. 그건 그 사람의 믿음이 행동을 제한하는 거죠."

"나는 할 수 있다!"

"네."

"무게 중심을 님의 약점이 아닌 강점에 두고, 저스트 두 잇!"

"나의 약점은…… 안 될 거라는 생각에 자꾸만 그럴싸한 합리화를 하는 거예요. 그리고 강점은 뭔지 그닥…… 바로 내세울 게 없네요."

"자! 그럼 이렇게 해 보죠. 과녁을 바꾸세요. 초점을 목표에다 두고 일이 끝났을 때를 상상해 봐요. '결과부터 생각하기'를 하는 건데…… 만약 내가 물에 대한 공포가 있다면, 강을 건넌 뒤에 뒤돌아보는 님을 상상하는 거죠."

아! 언젠가 치과에서 치료를 할 때였다. 잇몸에 마취 주사를 찌르는 게 너무 고통스러워서 머릿속으로, 치료를 끝내고 치과 문을 나서는 내 모습을 계속 떠올렸다. 그러다 보니, 결과는 분명하고 그 과정은 어차피 거쳐 가는 시간으로 여겨지면서 마음이 편해졌다. 그런 걸 이야기하는 건가 보다.

"알 것 같아요."

"닭의 30센티미터 시야를 버리고 독수리의 시야로 먼 곳을 보는 겁니다."

그래, 먼 훗날 내가 어른이 되어서 지금을 기억할 때 후회로 남는 일이 없도록 과감하게 질러 보는 거야! 이렇게 결심하는데 카페에 접속해 있는 회원 중 주히키가 눈에 띄었다.

'그래! 수림이가 있었지!'

집 안에 갇혀 사는 수림이를 데리고 나오는 일은 누군가가 해야 할 일 중의 하나라는 데에 생각이 닿았다. 하늬가 하려던 일, 그리고 시영이 역시 한때 했다던 그 일. 이제는 내가 이어받아야 할 일이다. 아니, 이건 수림이를 위해서가 아니라 나를 위해서다. 어쩌면 수림이와 나는 한배를 타는 거나 마찬가지일지도 모른다. 그러니 수림이와 더불어 우리가 함께 배를 저어 험난한 관문을 통과해야 한다. 갑자기 길이 보이는 듯한 기분이 든다. 서둘러 주히키 이름 위에 커서를 대고 클릭을 하려다가 멈춘다. 신중해야 한다는 생각이 들었기 때문이다. 지랄탄을 섣불리 건드리면 부작용이 나듯 상처 입은 수림에게도 어설픈 접근은 절대 금물이다.

난 카페에서 나온 뒤 인터넷 검색으로 히키코모리에 대해 알아봤다. 히키코모리는 '특정 장소에 틀어박히다'라는 뜻의 일본어 '히키코모루'를 명사화한 단어라고 하는데 보통 6개월 이상 집 밖으로 외출하지 않은 사람을 말한다니 엄밀히 말해서 수림은 히키라고 할 수는 없다. 하지만 문제는 본인 스스로를 히키라고 부르고 그렇게 되어 간다는 점이다. 수림의 아이디가 주히키라는 점이 그걸 반증한다.

수림은 1학년 중간에 휴학한 뒤 거의 1년이 다 되어 간다. 하지만 완벽하게 틀어박혀서 안 나오는 게 아니라 근처 편의점이나 자기 집에서 하는 만두 가게 정도는 가끔 들락거린다고 들었다. 수림이 같은 경우를 '활동형 히키'라고 한다는데 그건 결국 '은둔형 히키'로 발전할 수 있다. 증세가 심한 사람은 가족들도 얼굴을 보기 힘들 정도로 폐쇄적으로 변한다니 끔찍한 일이 아닐 수 없다. 암튼 시영의 말로는 하늬가 밖에서 수림을 만나려고 여러 번 시도를 했는데 성공한 적은 없단다. 언젠가 하늬의 수첩 속에 '2시 맥날 JSR ㅜㅜ' 이렇게 써 있던 게 바로 그거였나 보다.

그래도 희망이 있는 건 수림이 기억의 창고에 들락거린다는 점이다. 그게 바로 자신도 치유받고 싶다는 의지의 표현일 테니까. 시영에게 전해 들은 얘기로는 수림의 경우, 주변 친구들에게 왕따를 당하면서 심리적으로 쇼크를 입고 마음을 닫은 상태인데 수림의 애완견까지 죽으면서 더더욱 그렇게 되었다고 한다.

마음을 닫은 수림에게 어떻게 접근해야 효과적일지 걱정이 앞섰다. 한참을 망설이다가 어떻게든 시작을 해야겠다는 생각으로 대화를 신청했다. 하지만 아무런 답이 없다. 쪽지를 세 번이나 보냈는데 여전히 무응답이라 막막했다. 카페에 로그인만 해 놓고 화면을 보지 못한 걸지도 모른다고 위안을 삼는다. 다음 날 자다가 한밤중에 일어나 다시 시도를 해 봤다. 왜냐하면 주히키는 주로 새벽 시간에 카페에 접속하기 때문이다. 그런 식의 시도로 사나흘을 기다려도 여전히 묵묵부답이다.

생각보다 수림의 마음의 벽이 높은 것 같아 암담해졌다. 그리고 아무리 방학 중이라지만 매일 밤 새벽 서너 시에 깨서 컴퓨터 화면을 들여다보는 일은 결코 쉬운 일이 아니다. 게다가 이미 아빠의 경고도 한 번 받은 뒤라 더더욱 조심스럽다. 나는 할 수 없이 장문의 쪽지를 보냈다. 잘못된 과거는 바로잡아야 한다고, 그게 주히키님이나 나한테도 도움이 된다고 믿기 때문에 이렇게 쪽지를 보낸다고, 꼭 대화를 하고 싶다는 뜻을 간곡하게 적었다.

지성이면 감천이라니까 분명 답이 올 것이라 믿고 다음 날 카페에 들어갔다. 아니나 다를까 내게 쪽지가 와 있었다. 반가운 마음으로 열어 봤지만 그건 주히키가 보낸 게 아니었다. 당황스럽게도 카페 관리자가 보낸 경고 쪽지였다. 이곳은 사생활을 밝히지 않는 것을 원칙으로 하고 있으니 한 번만 더 상대가 원치 않는 쪽지를 보낸다면 퇴출을 감수해야 한단다. 아마도 주히키가 관리자에게 꼰질렀나 본데 그렇다면 나의 제안을 거절한다는 뜻이다. 난감했다. 이렇게 되면 수림과 접선할 수 있는 방법이 없다. 수림이네 집으로 직접 찾아갈 수도 없고 또다시 설득조의 쪽지를 보낼 수도 없다. 퇴출 내지 영구 차단이 될 수 있으니까. 이 카페에 가입할 때 설명을 들은 바로는 경고 뒤 바로 퇴출이고 차후에는 그 어떤 식의 구제 방법도 없다고 했다.

하지만 포기할 수는 없다. 이제 내게는 수림이 마지막 방법이니까. 그러던 중 회원 여러 명이 있는 채팅방에 들어가게 되었다. 주히키가 로그인된 상태라 혹시나 하고 들어가 봤는데 놀랍게도 거기에서 주히키가 회원들과 열심히 수다를 떨고 있었다. 난 이미 경고를 받은 뒤라 섣불리 나서지 않고 조용히 구경만 했다. 다들 중구난방으로 시시한 이야기들을 주고받았는데 내용상 주히키는 분명 남자였다. 이런! 예의 주시해 본 결과 남자인 척하는 건 절대 아니다. 그렇다면 주히키는 수림이 아니라는 소리다. 헉!

대체 어디서부터 잘못된 걸까? 시영이 역시 잘못 알고 있었던 걸까? 아니면 내가 잘못 생각한 걸까? 전에 시영이가 하늬의 아이디로 접속해서 수림과 대화 중이라고 했을 때 분명 주히키와 난아웃이 접속해 있었는데, 그렇다면 난아웃이 수림일까? 아니, 그건 아니다. 분명 시영이가 이야기 중에 주히키란 말을 한 적이 있었다. 그렇다면 시영도 그동안 잘못 알고 채팅을 했을 확률이 높다. 어쩐지 언젠가 시영은 주히키가 이상한 소리만 해 댄다고 불평했던 적이 있다. 역시 꺼벙한 시영이다.

그럼 수림이를 어디서 찾아야 할까? 확인을 하기 위해 시영에게 묻기로 했다. 만약 시영도 모른다면 하늬의 아이디로 접속해서 찾아볼 수 있을지 모른다. 물론 그렇게 되면 내가 수림을 찾는다는 이야기가 윤미에게 흘러 들어갈까 약간 걱정이 되지만 그 부분은 시영을 믿기로 했다. 시영은 나로부터 도망치려는 것뿐이지, 나를 음해할 생각은 추호도 없는 애다.

하지만 시영은 카톡 메시지를 확인조차 않는다. 난 할 수 없이 전화를 걸었는데 없는 번호라는 안내가 나온다. 시영은 확실하게 도망치기로 작정했나 보다.

내가 언제든 손을 뻗으면 닿는 데에 있을 거라고 믿었는데 그게 아니란 걸 알고 나니 허탈하다. 급 피곤함이 몰려오면서 '누군가 해야 할 일'이란 명분을 가지고 이 카페를 들락거렸던 모든 것이다 부질없는 일처럼 여겨진다. 그렇게 넋을 놓고 얼마나 앉아 있었는지 모른다. 어느새 창밖이 희뿌옇게 밝아 온다. 이제 그만 자야겠다고 일어서는데 텅 빈 카페에 '하몽'이란 회원이 접속한다. 하몽? 어딘지 낯이 익은 이름이다. 맞다! 하몽은 수림의 강아지 이름이다. 난 그냥 미친 척하고 말을 걸어 보기로 한다. 이것저것 머리를 쓸 필요도 없다. 회전식 연발 권총에 총알을 넣고 탄창을 돌려서 머리에 대고 쏜다는 러시안 룰렛을 하듯 무턱대고 말을 걸었다. 그만큼 절박했으니까.

혹시 너 수림이니?

…….

주수림이면 대답해 줘, 제발. 부탁이야, 나 좀 도와줘.

누구……? 혹시 하늬니?

헉! 수림이가 맞다.

코끼리 첫발 떼기

그동안 고생한 것에 대한 보상일까? 의외로 수림이는 처음부터 말이 잘 통했다. 히키코모리라는 선입견 때문에 내가 너무 주눅이 들었던 게 민망할 정도로 말을 잘했다. 아니, 바꿔 생각하면 수림이는 히키코모리로 지냈기 때문에 이런저런 속내를 더 잘 털어놓을 수 있는 걸지도 모르겠다. 그만큼 외로웠을 테니까. 히키코모리는 소통할 사람이 없어서 스스로 빗장을 걸고 자기 안에 갇혀 사는 사람을 말하는 것뿐이니까. 나는 누군가 그 빗장을 열고 들어가려고 애쓴다면 히키도 분명 밖으로 나올 수 있을 거라는 확신이 있었다.

주히키가 수림인 줄 알았던 때에는 인터넷을 뒤져 히키코모리에 대해 공부했다. 어떻게든 수림을 잘 구워삶을 수 있는 방법을 찾으려고 말이다. 하지만 주히키가 응답을 하지 않아 애를 먹고 또 카페 관리인의 경고를 받는 등 어려운 순간을 거치면서 나는 완전히 낮은 자세가 되었다. 지푸라기라도 잡는 심정이랄까? 그래서 나는 하몽에게 진솔하게 내 속마음을 털어놓을 수 있었다. 나의 첫마디는 '나 좀 도와줘.'였고 그 말이 수림의 마음을 움직였다.

"나한테 뭔가 도와 달라는 말을 하는 사람이 있다는 게 신기했어."

수림은 빠른 자판 솜씨로, 그러나 아주 나직한 어투로 자기 이야기를 들려주었다.

"혼자 오래 있다 보면 내가 누구인지 의식조차 안 될 때가 있어. 배가 고프면 그제야 비로소 '아! 내가 있구나'를 느낄 정도랄까? 암튼 그러다 보니 물 컵에 담긴 휴지처럼 흐물흐물 존재감이 없었는데, 나한테 도와 달라니까 신기할 정도였지."

마치 내 경험을 복제라도 한 것 같은 수림의 이야기에 내 맘이 물컹해졌다.

"나도 알아, 그게 어떤 건지……. 난 혼자 방 안에 갇혀 있지 않았어도 학교에 다니면서 그렇게 지냈으니까. 애들이 날 투명 인간 취급을 했거든."

"헉!"

어쩌면 수림이 내 옆에 있었다면 우린 서로 부둥켜안고 울었을지도 모른다. 이산가족 찾기에서 수십 년 만에 만난 자매처럼 말이다.

차분차분 순서를 따져 가며 짜깁기를 하듯 서로의 이야기를 늘어놓았다. 수림의 이야기를 듣고 여러 번 놀랐다. 하늬가 교통사고를 당해 병실에 누워 있는 사실조차 모르고 있을 정도로 세상과 단절되어 있었다는 것에 놀랐고, 또 이 모든 일의 원흉이 윤미라는 것을 수림이 다 알고 있다는 사실에 또 놀랐다. 심지어 윤미가 하몽이를 가방에 숨겼다는 것도 알고 있었다.

"근데 왜 가만히 있었던 거야?"

"몰라. 이상하게 걔 앞에선 쫄게 되더라."

"이유가 있겠지."

"물론 아주 없었던 건 아니야. 중학교 2학년 때 언젠가 걔네 집에서 숙제를 한 적이 있었는데, 아마 내가 걔네 오빠의 전자수첩을 쓰고 내 가방에 넣었나 봐. 난 전혀 기억이 없는데…… 집에 돌아왔는데 걔가 전화로 혹시 전자수첩 못 봤냐며 내 가방 속을 찾아보라는 거야. 근데 내 가방 속에 그게 진짜 있더라구. 그 일이 있은 뒤로는 걔한텐 함부로 못하겠더라. 물론 윤미는 그때 전혀 문제 삼지 않겠다며 넘어가 주긴 했지만…… 도둑으로 몰릴까 봐 무서웠어."

"혹시…… 걔가 일부러 네 가방에 넣은 거 아닐까?"

"나중에 그런 생각도 들었지만 그건 잘 모르겠고…… 암튼 시영이랑 하늬까지 같이 어울려 다니면서 재미나게 잘 지냈어. 그러다가 하늬랑 나랑 좀 더 가까워지던 중 어느 날부터인가 윤미가 심통이 난 건지…… 못되게 굴기 시작하더라구."

"무슨 일이 있었던 건 아니고?"

"그때 내가 수학경시대회에 나갔었는데 동상을 탔어. 사실 난 그리 공부에 취미가 없는 앤데…… 상을 타서 나도, 반 아이들도 다 놀랐고. 근데 그게 윤미는 거슬렸나 봐. 상을 받고 나서 내가 건방져졌다며…… 하늬랑 시영이도 그때부터 나한테 이상하게 굴기 시작했어. 나중에 하늬한테 듣기로는 내가 머리 나쁜 애들이라고 욕하고 다녔다고 그러더래. 물론 난 절대 그런 적이 없었거든. 그러다가 어느 날 내 생일 파티를 해 주겠다고 공원으로 불러서는…… 그날 윤미가 하몽이를 숨긴 거야."

"으휴! 그때 가만두지 말았어야 했어!"

"사실 그날 하몽이의 목줄이 윤미 가방 밖으로 늘어져 있는 게 찍힌 사진이 있어."

"그런 확실한 증거도 있는데 왜 가만히 있었어? 너희 오빠한테라도 일러서 혼쭐을 내 주지 그랬어?"

"누구 오빠?"

"군대 간 오빠가 있다며."

"난 오빠 없어. 나 혼자야. 사실은 여동생이 하나 있었는데 새엄마가 집을 나가시면서 데리고 나갔어. 못 본 지 오래야."

"그래?"

그렇다면 군대에 간 양아치 수림이네 오빠, 운운하면서 시영을 협박한 것도 윤미의 새빨간 거짓말이었다.

"그래도 하몽이를 훔친 걸 알았으면서 어떻게 가만히 있을 수가 있어?"

"아니라고 딱 잡아떼는데 어쩔 수가 없더라."

수림을 자극하고 싶지는 않았지만 난 너무 화가 나서 한마디 했다.

"윤미 개, 정말 못된 애인 건 맞는데 너도 책임이 있어. 네가 바보 같이 밀리니까 계속 미는 거잖아. 개도 그게 먹히니까 나쁜 짓을 계속하는 거라구."

"맞아. 나도 나중에 그렇게 생각했어. 여기 카페에 들어와서 빨간 모자랑 이야기하면서 내 잘못도 크구나 깨달았어. 그런데……내가 윤미한테 꼼짝 못하는 건 어쩌면 새엄마 때문인 것도 같아. 유치원 때부터 새엄마랑 같이 살았는데 구박을 많이 받았거든. 근데 묘하게 윤미가 새엄마랑 닮았어. 성격도, 외모도…… 그래서 개

앞에선 유난히 주눅이 든 것 같아."

"일종의 트라우마 같은 거였을라나?"

"그런가 봐."

"그러니까 지금부터라도 우린 그걸 극복하면 되는 거야."

"극복?"

"여기 기억 이식방 앞에 보면 그렇게 적힌 게시물이 있어. 우리의 뇌는 정보를 저장하는 거대한 컴퓨터인데 우리가 기억하는 것은 이 정보를 인출해 내는 심리 과정이라는 거지. 예를 들어서 넌 기억 중에서도 안 좋은 기억을 자꾸 인출한 거고, 현재와 그걸 믹스해서 또 나쁜 기억을 만들고, 그러다 보니 집 안에 갇혀 살게 된 거잖아. 그러니까 안 좋은 기억을 의도적으로 지우는 거야."

"어떻게 지워?"

"좋은 기억은 이식받고, 나쁜 기억은 지우고 재구성하는 거지."

"재구성?"

"다시 쓰기를 하는 거야. 다시 쓸려면 안 좋은 기억을 먼저 다 끄집어내서 휘휘 젓고 잘못된 게 뭔지 들여다보고. 그래! 윤미한테 쌍돌이라도 던져야 끝나는 거야."

"돌을 던지자구? 어떻게?"

"에이, 그냥 상징적인 거지. 사과를 받거나 아니면 망신이라도 줘서.

"ㅋㅋ"

"웃기냐?"

"웃긴다."

"그래. 웃기니 다행이다. 슬프지 않아서. 넌 방금 네 뇌 속에 웃긴 기억을 하나 저장한 거야. 그런 식으로 즐겁거나 행복하거나 좋은 기억을 계속 입금시키면 마침내 넌 행복 부자가 될 거야."

"행복 부자?"

이렇게 신기한 말은 처음이라는 듯 수림이 되받는다. 사실 나도 구체적인 대안은 없다. 하지만 어떻게든 수림을 집 밖으로 나오게 할 명분을 만들어야 한다고 생각했다. 하지만 여러 번 카페에서 만나 이런저런 대화로 수림을 꼬드겨보아도 밖에서 만나자는 말만 하면 더 이상 이야기가 진전되지 않았다.

"난 자신이 없어."

"왜?"

"그 뒤로도 학교에서 이런저런 일이 있었는데…… 암튼 난 사람들을 만나는 게 싫어. 무서워."

"그렇다고 아주 못 나오는 건 아니라며?"

"물론 그렇긴 하지만……."

어쩌면 내가 낯설어서일지도 모른다는 생각이 들었다. 그러던 중 인터넷에서 반려동물이 상처받은 사람들의 치유에 도움이 된다는 기사를 읽었다. 난 이모에게 부탁해서 슈슈의 새끼 한 마리를 얻었다. 그러고는 수림에게 약간의 뻥을 쳤다. 이모가 강아지를 줬는데 아빠가 못 키우게 하니 네가 대신 키워 달라고. 처음에는 수림이 그것마저 자신 없다고 버텼다. 그러다가 슈슈 베이비의 사진을 찍어서 계속 보내 주자 드디어 마음을 열었다.

하지만 강아지를 전해 주는 것도 쉬운 일이 아니었다. 수림이네 아파트 단지의 놀이터에서 만나자고 했으나 그것마저 망설이기에 난 기발한 제안을 했다.

"내가 1층에서 엘리베이터에 강아지를 태우고 너희 집 층수를 누른 후 통화로 알려 줄게. 그럼 네가 거기서 받아."

"좋아."

그렇게 슈슈 베이비는 수림의 품에 안겼다. 수림이는 슈슈를 보자마자 슈몽이라고 이름을 지었다. 수림이는 까만 털이 고양이 수염처럼 코 옆으로 삐져나와 있는 게 너무 귀엽다며 자기와 전혀 어울리지 않는 호들갑을 떨기도 했다. 아무튼 슈몽이의 엄마가 된 수림이는 전보다 훨씬 밝아졌다. 나와 전번을 교환한 뒤 그 뒤로 카톡으로 슈몽이의 사진을 수시로 보낸다. 덕분에 이제는 새벽에 아빠 몰래 키보드를 두드리지 않아도 되어 얼마나 편한지 모르겠다.

그리고 나는 수림을 밖으로 데리고 나오기 위한 전략의 하나로 '낯설음 제거'를 실행했다. 이모 집에 남아 있는 슈몽이의 동생 강아지들과 함께 찍은 내 사진을 여러 장 수림에게 보낸 것이다. 마치 슈몽이의 동생들이 주인공인 듯하지만 수림이는 그 옆의 나에게도 익숙해지기 시작했다.

"너 예쁘게 생겼네."

"설마! 예쁜 건 오버고 귀엽다 소리 정도는 접수할 수 있어."

"사진은 뽀샵한 거야?"

"아니. 근데 내가 사진 찍는 걸 좋아해서 잘 찍는 편이야. 각도가 중요하거든. 내가 담에 너도 예쁘게 찍어 줄게."

성공적이라는 생각이 든다. 나는 사실 누가 봐도 예쁜 얼굴은 아니다. 얼굴도, 이목구비도 작은 편이라 크게 저항감이 드는 타입이 아닐 뿐 미모라 할 수는 없다. 그런데도 이런 표현을 한다는 건 수림이 나에게 호의적이라는 소리다.

"수림아, 너도 사진 좀 찍어 봐."

"나는 사진 안 찍은 지 50만 년도 더 되었거든."

"50만 년 만에 찍은 사진 구경하고 싶다."

"내 사진은 패스하고 여기저기 네가 찍은 사진이나 보내 봐."

"오키!"

그래서 얻어걸린 게 이모네 가게 앞에서 찍은 사진이다. 수림이가 집 밖으로 나오는 계기가 된 사진이랄까? 토요일 오후 이모네 샵에 갔는데 마침 코스프레 복장을 한 여중생들이 샵 앞에 앉아 있었다. 만화 캐릭터의 차림을 하고 있는 게 재미나서 사진을 찍어 보냈더니 그걸 본 수림은 급 관심을 갖기 시작했다.

"아! 나도 저런 거 한번쯤 해 보고 싶었어."

수림은 이런저런 애니메이션과 게임 속 캐릭터를 읊조린다. 자기는 주로 남자 캐릭터의 코스프레를 하고 싶은데 그중에서도 괴도 팬텀을 꼭 코스프레 하고 싶단다. 그리고 게임 〈클로저스〉의 경찰 특공대도 꼭 한번 해 보고 싶다며 모처럼 의욕을 보인다. 수림의 말을 듣고 있자니 내 머릿속에 뭔가가 반짝한다. 전구 형상의 불빛과 함께 난 '유레카!' 뭐, 이딴 소리라도 질러야 할 것만 같았다.

'맞다! 혹시 코스프레를 하면 수림이가 사람들을 만나는 일이 좀 쉽지 않을까?'

서울로 이사를 오기 전인 중딩 때, 회전초밥 가게의 오픈 기념 알바를 한 적이 있다. 초밥 모양의 탈과 인형 옷을 입고 호객하는 일이었다. 친구의 오빠가 하려던 건데 갑자기 못하게 되어 엉겁결에 내가 대타를 뛴 것이다. 처음에는 창피해서 절대 밖으로 못 나갈 것만 같았다. 하지만 막상 플라스틱 초밥 모형 속에 들어가 보니 난 더 이상 내가 아니라 초밥이 된 기분이 들어서 아무렇지도 않았다. 선홍빛 새우 초밥이 되어 지나가는 사람들을 향해 양손을 흔들어 보이기도 하고 심지어 뒷부분에 달린 새우 꼬리를 힘차게 흔들 수도 있었다. 신기할 정도였다. 사람이 옷 속에 갇힐 수도 있고 또 옷으로 인해 새로운 나로 변신할 수도 있는 거구나 하고 한참 놀라워했다. 그건 정말 색다른 경험이었다. 이래서 사람들이 제복을 입는 건가? 그렇다면 수림이 역시 코스프레 복장을 하면 사람들 앞에 나서는 게 덜 두려울까? 그렇게 여러 번 하다 보면 서서히 집 밖에 있는 게 자연스러워질 수 있으리라.

이모는 내게 여러모로 도움을 주었다. 마침 이모네 샵에 들르는 애들 중에 코스프레 회원이 있다며 그중 한 명을 소개시켜 주었다. 대학을 휴학 중인 은진 언니는 보이시한 외모답게 성격이 무지 터프해서 수림이 이야기를 편하게 털어놓을 수 있었다. 내 이야기를 들은 언니는 아주 흔쾌히 나를 돕겠다며 손가락으로 동그라미를 만들어 보였다.

"'코스' 하는 애들은 얼핏 보기에 세 보이지만 의외로 소극적이고 내성적인 애들이 많거든."

그 언니의 말은 마치 '네 생각이 옳아!' 이렇게 칭찬해 주는 소리로 들렸다.

"요새는 인터넷에 코스 의상 대여해 주는 데가 많아. 근데 한 벌당 5만 원 정도 하거든. 너희가 뭔 돈이 있겠냐? 게다가 걔가 하고 싶다는 캐릭터의 의상은 마니아들이나 갖고 있을 법한 것이니까, 일단 내가 우리 '코스어'들한테 빌려 볼게."

"코스어요?"

"응. 코스프레를 하는 사람을 코스어라고 해."

수림의 특수한 입장을 고려해서 처음에는 슈몽이를 전해 줄 때처럼 엘리베이터 안에 옷을 놓아두었다. 하지만 두 번째에 수림이는 재미를 붙였는지 나더러 올라와서 사진을 찍어 달라고 했다. '좋은 기억을 입금시킨 흔적을 갖고 싶어'라며 근사한 표현까지 곁들여서 나는 깜짝 놀랐다.

엘리베이터를 타고 수림이네 집으로 들어갔을 때 난 설렜다. 수림이에 대한 기대감 때문이기보다는 이게 '누군가 해야 할 일'의 첫발을 떼는 엄청난 일이기 때문이다. 하지만 나와는 달리 수림은 코스 의상에 정신이 팔려 정작 나한테 아무런 관심도 없는 것 같았다. 차라리 다행일지도 모르겠다. 두려움보다 설렘이 앞서서 수림의 마음을 사로잡았다는 증거이니까. 이런 식으로 서서히 낯설음에 대한 두려움을 없애다가 저도 모르게 세상 속으로 들어서게 될 것이다.

수림이네 아빠는 지방에서 회사를 다니시기 때문에 집에 가끔 들어오시고 수림은 할머니와 단둘이 지낸다. 할머니는 만두 가게를 하시기 때문에 집에는 늘 수림이 혼자 있단다. 수림이네 집은 좁고 어두워서 옷을 입어 보려면 대낮에도 불을 환하게 켜야 했다. 나는 거실과 방에 불을 켜고 전신 거울을 방 한가운데로 끄집어내어 수림이의 변신을 도왔다.

애니메이션 〈에반게리온〉의 주인공 레이의 의상을 입었는데 수림이 워낙 마른 체형인 데다 몇 달 동안 갇혀 지냈기 때문에 창백할 정도로 얼굴이 하얘서 정말 잘 어울렸다. 게다가 슈트, 팔 토시, 발 토시 그리고 장갑에 파란색 가발까지 쓰고 나니 비현실적인 존재처럼 보였다. 수림이는 거울 속 변신한 자신의 모습을 보고는 환히 웃었다. 자기 자신이 아닌 또 다른 존재를 바라보는 듯한 생경함과 경이로움이 섞인 눈빛이었다. 내가 아닌 다른 내가 될 수 있다는 건 기이하면서도 건강한 체험이겠다는 생각이 들었다. 갇혀 있지 않고 어딘가로 나아갈 수 있다는 점에서 날개를 단 기분과 비슷하지 않을까? 수림도 나와 같은 생각을 하고 있는지 모르겠으나 아무튼 거울 속 자신을 보며 탄성을 내지르듯 말을 뱉었다.

"와우, 내가 변했네?"

"사람은 얼마든지 변할 수 있어."

지금은 레이 코스프레로 외모만 변신했으나 곧 수림의 내면도 건강하게 변해서 밖으로 나갈 수 있다는 이야기를 하고 싶었다. 거울을 한참을 바라보던 수림이 갑자기 신기한 눈으로 천장을 바라본다.

"난 집에 있을 땐 불을 거의 안 켜는데…… 불을 켰다는 사실도 몰랐네."

수림은 나를 처음 만났다는 것보다 불을 켰다는 사실을 더 신기해하는 것 같았다.

"지난 몇 달 동안 컴퓨터 불빛 외에는 본 적이 없는 것 같아."

몸과 마음이 온통 어둠 속에 갇혀 있었을 지난날의 수림을 생각하니 마음이 아려 온다. 하지만 한편으로는 떨어졌던 팔이 다시 붙은 에반게리온의 복제 인간 레이처럼 수림도 다시 새롭게 날 수 있을 거라는 희망을 가져 본다. 나는 레이 코스를 한 수림의 모습을 핸드폰으로 찍은 후 이모에게서 빌려 온 즉석 사진 인화기로 뽑아 주었다. 그리고 그 사진을 거울에 붙여 주는 서비스까지 곁들였다.

집으로 돌아오는 길에 뭔가 뿌듯함이 내 안에 가득 차는 게 느껴졌다. 뭐랄까, 쉽게 망가지지 않을 네모난 모양의 단단한 자신감이 배달되어 내 안에 장착된 것 같은 기분이랄까? 네 귀퉁이가 한껏 힘을 쥐고 있는 주먹처럼 버티고 서서 그 어떤 일에도 휘둘리지 않을 것 같다는, 근거 없는 자신감이 내 안을 가득 채웠다. 그때 누군가 나를 불렀다.

"서란아!"

돌아보니 마을버스 뒷좌석에 황희주가 앉아 있다. 희주는 나를 보자마자 윤미 이야기를 꺼내기 시작한다. 희주는 방학 전 문구점에서의 그 사건 이야기를 꺼냈다. 이미 이야기는 윤미의 입을 통해 각색된 채 아이들 사이에 회자되고 있었나 보다. 내용인즉 윤미가 장서란네 문구점에 갔다가 봉변을 당했다는 것이다. 서란이 윤미를 쳤는데 서란이네 부모님까지 나서서 윤미한테 청소를 시켰다더라, 그러니 장서란네 문구점을 상대로 불매 운동을 벌여야 한다는 것이었다.

"윤미, 걔가 떠벌리고 다니는데…… 장난 아니더라."

희주의 이야기를 듣는데 갑자기 전의가 활활 타오르는 게 느껴진다. 나조차도 당황스러울 정도의 전의다. 예전 같았으면 윤미의 악의 섞인 음모 때문에 우리 문구점이 망할지도 모른다는 걱정으로 가슴이 콩닥거렸을 나다. '어쩌지? 윤미한테 잘 보여야 하나?' 하는 비굴 모드로 전전긍긍했을지 모른다. 예전의 나라면 말이다. 하지만 지금의 나는 달랐다. 기억의 카페에서 희망을 이식받았고 수림을 도와주며 자신감을 장착했다. 이제 나는 예전의 내가 아니다. 난 희주를 보면서 능숙한 미소를 지어 보였다.

"송윤미, 걔 또 시작이네."

"걔, 그냥 냅 두면 너희 문구점 근처에 있는 학원 앞에 대자보라도 써서 붙일 기세더라."

"유치하기는! 근데 아마 못할걸?"

여유 만만인 내 말 품새에 황희주는 약간 놀란 표정이다. 하긴, 황희주 역시 늘 자기가 모든 아이들의 우위에 있다고 믿는 애라 다소 고압적인 자세를 보이는 내 모습이 낯설기는 할 게다.

"너, 윤미 전번 아니?"

알려고만 들면 얼마든지 알아낼 수 있지만 난 굳이 희주에게 묻는다. 희주는 핸드폰을 뒤적여 보어 주면서 내게 묻는다.

"왜? 따지게?"

"뭐, 굳이 따질 필요 있나?"

그 말을 하는데 불현듯 레이 코스를 한 수림의 모습이 떠오른다. 맞다. 굳이 따지지 않더라도 윤미를 긴장시킬 수 있는 좋은 방법이 있다.

"따질 필요가 없다니?"

"개가 알아서 기어야 할 거야. 겨울은 끝났고 곧 공격 개시를 할 거거든."

"뭔 소리야?"

"겨울 다음에는 봄이라고."

나는 알 듯 모를 듯 아리송한 말만 남기고 보란 듯이 내 핸드폰의 사진첩을 천천히 넘긴다. 궁금해 미치겠다는 표정을 짓는 희주는 고개를 빼고 내 폰을 들여다본다. 마치 자신의 임무라도 되는 듯이. 하긴, 지금부터 희주는 나의 전령이며 하수인이니까.

"어? 이게 누구야? 에반게리온 레이 차림 한 애. 얘 누구니?"

희주 역시 윤미와 같은 중학교 출신이다. 수림을 모를 리 없다. 대답 없는 나를 향해 희주는 다시 캐묻는다.

"어? 얘 우리 중학교 나온 앤데······ 이름이 뭐더라? 아, 주수림?"

그때 마침 이모에게서 전화가 온다.

"엄마, 비행기표 예약했다네?"

"정말? 언제래? 이모가 마중 나갈 거야?"

내가 전화를 받으며 호들갑을 떠는 사이에 희주는 건성으로 내게 손을 흔들고 버스에서 내린다. 난 희주의 뒷모습을 보며 회심의 미소를 짓는다. 희주는 전령의 역할을 충실히 해낼 것이다. 내가 굳이 윤미에게 사진을 보내지 않아도 조만간 걔가 직접 사진을 본 것과 같은 효과를 얻게 되리라. 왜냐하면 이야기는 곧 희주를 통해 퍼져 나갈 테니까. 방학 중 자율 학습이 시작되는 다음 주까지 기다릴 필요도 없을 거다. 희주는 윤미를 공격하고 싶은 본능 때문에 부지런히 말을 퍼뜨릴 게 뻔하니까. 희주 역시 윤미와 수림이 그리고 나 사이에 있었던 그간의 히스토리를 어느 정도 알고 있으니까 다소 오버를 해서 이야기를 흘릴지 모른다.

'걔, 주수림. 히키코모리로 틀어박혀 있다더니 그게 아닌가 보더라? 걔가 레이로 코스프레 한 사진, 대박 멋있던데?'

'주수림이랑 장서란이랑 친구 먹은 건가 보더라?'

'뭐라더라? 이제 겨울은 끝났다면서 가만있지 않을 거라고 했다던데?'

'〈원피스〉의 이나즈마로 코스프레 한 것도 있던데…… 얼굴에 흉터까지 만들고 대박이었어. 그동안 히키가 아니라 집에서 복수의 칼을 갈고 있었던 거 아냐?'

여기저기서 들려오는 소문을 바탕으로 윤미는 나름 이런저런 상상을 할 것이다. 그리고 서서히 다가오는 소문의 벽이 얼마나 공포스러운지 경험하게 될 것이다. 아닌 게 아니라 희주를 만나고 만 하루가 채 지나지 않아 시영에게서 전화가 왔다. 모르는 번호라 '누구지?' 하고 받았더니 시영이다. 틀림없이 윤미가 알아보라고 시켜서 전화를 했을 게 뻔하다. 시영은 예의도 없이 서론은 건너뛰고 바로 본론으로 들어갔다.

"그 사진 속 애가 진짜 수림이야?"

"수림이가 진짜 가짜가 있나 봐?"

"진짜 주수림이라구?"

"윤미한테 전해 줘. 진짜라고. 진짜라서 지금부터 진짜다운 행동을 시작할 거라고."

내 말에 시영은 할 말을 잃었다. 난 간단하게 전화를 끊는다.

늦은 밤, 수림은 내 얘기를 듣고 묻는다.

"걔가 쫄았을까?"

"그랬을걸? 시영이가 왜 전화를 했겠어?"

"그랬다면…… 그랬다고 생각하니 막힌 체증이 뚫린 듯해서 시원해진다."

"시원하다니 좋네. 넌 이제 기억의 창고에 웃긴 기억이랑 속이 시원해진 기억들을 쌓고 그것들만 인출하는 거야. 알았지?"

"내가 숨어 있지 않다는 것만으로도 그런 반응을 보이다니……."

"그러니까 어떻게든 우린 움직여야 해. 기필코 서바이벌!"

"그래도 윤미 걔, 만만한 애가 아닌데……."

"강자가 항상 이기는 건 아니야. 상대를 알면 우리도 이길 수 있어."

"그럴까? 암튼 재밌네."

"자, 재밌는 기억도 하나 더 창고 속으로 들어갑니다."

"우리가 그럼 짱돌을 던진 셈인가?"

"그럼! 누가 무식하게 몸으로 돌을 던지겠냐? 이렇게 우리는 날갯짓만 해도 되는 거야. 그럼 나비 효과처럼 태풍으로 변해 불어 닥칠 거야."

수림은 생일날 공원에서 찍은 사진들을 찾았다며 내게 보내 줬다. 케이크 상자와 널브러진 폭죽 리본들 그리고 수림, 하늬, 시영, 윤미가 등장해 있는 사진이다. 그리고 또 한 장의 사진에는 윤미의 뒷모습이 찍혔는데 가방 끝자락에 강아지의 목줄이 달랑거리는 게 보인다. 확대해 보니 목줄 끝에 영어로 'HM'이라고 하몽의 이니셜이 새겨진 것도 확인할 수 있었다.

"수림아, 이제 이 사진은 윤미의 기억 속으로 들어가게 될 거야. 네 몫이 아니니까, 넌 지워 버려. 알았지?"

"응."

다음 날 나는 내 카톡 프로필 사진을 윤미의 뒷모습이 찍힌 사진으로 바꿨다. 그리고 '시월의 어느 생일날'이라고 적었다. 어차피 뒷모습이라 알아볼 수 있는 사람은 별로 없을 것이다. 하지만 윤미, 본인은 알 거다. 벌은 누군가가 내리는 것보다 자기 스스로 주는 게 제일 무섭다고 생각한다. 수림과 내가 굳이 나서서 조목조목 따지지 않더라도 윤미는 아마 혼자서 충분히 겁먹고 초조해할 것이다. 나는 그것만으로 족하다고 생각한다.

겨울 다음에는 봄이 온다. 그게 순서다.

결국엔 정면 박치기

자율 학습이 시작되어 첫 등교하는 날, 종일 긴장했다. 폭풍 전
야 같은 기분이랄까? 느닷없는 윤미의 반격이 있을지도 모른다는
조바심이 내 턱 끝까지 차올랐지만 정작 윤미는 평화로움 그 자체
였다. 시영이 내게 전화로 수림이 이야기를 물어봤으니 윤미가 모
를 리 없건만 어떻게 저리 평화로울 수 있는지……. 수림의 등장
은 물론 자기 과거의 행적이 고스란히 드러난 사진까지도 무시할
수 있단 건가?

윤미의 무반응을 지켜보고 있자니 사흘째 되는 날부터는 슬슬
화가 나기 시작했다. 그 화는 윤미를 향한 게 아니다. 그건 바로 내
자신에게 들이대고 싶은 주먹질과도 같았다. 그간 수림과 쾌재를

불렀던 건 우리들만의 섣부른 축배였단 생각이 든다. 나비 효과 운운하며 설레발을 쳤던 내 자신이 부끄러워진다.

상대를 향해 잽만 날리면서 폼만 잡다가 돌아서는 건 아무 의미가 없다. 헛손질만 하고서 할 만큼 했다며 스스로 자족하는 건 나와 수림이 모두에게 진정한 치유가 되지 않을 것임을 깨달았다. 가해자인 윤미가 저토록 평화로울 수 있다는 건 나와 수림은 물론 우리를 둘러싼 모두에게 옳은 일이 아니다. 그리고 그 생각은 점령군의 의욕에 찬 군홧발소리처럼 확실하게 내 머릿속을 울린다. 비겁의 그늘 속으로 숨어든 시영, 변죽만 울리고 자족하려던 나, 집 안에서 숨어 지낸 수림, 우리 모두는 비겁한 자들이다. 그러니 이대로는 안 된다. 변죽을 울리는 것만으로는 부족하다. 정면 박치기를 해야 한다.

더 이상 참을 수 없게 된 나는 앞자리에 엎드려 있는 윤미의 뒷통수를 바라보며 카톡을 날렸다. 윤미의 뒷모습이 담긴 사진과 함께.

"이 사진 알지?"

카톡 알림 소리에 몸을 일으킨 윤미는 핸드폰을 잠시 들여다보더니 한 치의 망설임도 없이 답을 적고는 다시 엎어진다. 내 핸드폰에 뜬 윤미의 답은 아주 간단명료했다.

몰라.

헉! 난 그때 또 다른 사실을 깨달았다. 이 세상에는 스스로에게 내리는 벌을 괴로워하지 않는 사람이 있다는 것을. 아니, 스스로 내리는 벌이라는 개념 자체를 아예 모르는 사람이 있다는 걸. 그렇다면 누군가는 친절하게 알려 줘야 한다. 그리고 그 일에 소명 의식을 가져야 할 누군가는 바로 내가 되어야겠다고 결심했다.

'좋아, 모를 수 없게 만들어 주지.'

내 스스로 호기롭게 다짐했지만 막상 머릿속에 그려진 근사한 시나리오는 없다. 말 그대로 임전무퇴의 정신이 무장되어 있지만 정작 어디로 나아가야 하는지 전혀 모르겠다. 앞으로 내딛을 길은 끊어져 있고 내 앞에 엎어져 있는 윤미의 등짝은 마치 철의 장막 같다. 그래서일까? 갑자기 내 안에서 두려움이 스멀거리며 피어오르기 시작한다.

어쩌면 윤미는 나와 체급이 다른 선수일지 모른다. 내가 아무리 잽을 날려도 끄떡도 안 하는 골리앗 같은 애일지도. 전에도 내가 놓은 덫에 내가 걸린 것처럼, 그래서 어느 날 시영이 훅! 하고 저편으로 건너간 것처럼 또다시 모든 게 무위로 끝나 버릴지 모른다는 비관적인 생각이 내 머리끝을 잡아당겼다. 그때였다. 진동 모드로 해 놓은 폰이 주머니 안에서 부르르 몸을 떤다. 수림의 문자다.

내 폰 번호, 윤미한테 절대 말하지 마. 난 공격 안 해. 윤미 걔, 절대 가

만있지 않을 거야.

수림의 문자를 보는 순간 정신이 번쩍 든다. 이런! 수림이와 나, 우리는 둘 다 동시다발적으로 두려움에 휘둘리고 있었던 거다. 정수리를 내리치는 번개 같은 일침이 나를 곤추세운다.

'휴! 여기까지 어떻게 왔는데……'

난 가슴을 쓸어내린다. 하마터면 우리 둘은 두려움의 먹이가 될 뻔한 거다. 어둠 속에 갇힌 수림이를 입구까지 간신히 끌고 나와서는 여기서 주저앉을 수 없지. 나는 분연히 일어나서 내 손을 잡은 수림을 놓지 않고 끝까지 걸어 나가야 한다. 뒤로 도망치려는 수림을 붙잡고 두 눈을 부릅뜨고 앞으로 나아가야 한다.

'그래, 우리는 지금 러닝머신 위에 서 있는 거야. 가만히 있으면 뒤로, 뒤로 밀려 떨어질 거야. 그러니 의지를 가지고 앞으로, 앞으로 꾸준히 걸어야 해.'

내 의지를 단련시키기 위해 하굣길에는 버스를 타지 않고 일부러 학교에서부터 걷기 시작했다. 그렇게 걷다 보니 이모네 가게 앞이다. 눈이나 맞추고 갈까 하고 들렀다. 그런데 문을 닫기에는 좀 이른 시간인데도 이모는 문을 걸어 잠그고 없었다. 그냥 돌아서려다가 이모에게 전화를 거니 이모는 반색을 하며 길 건너 식당으로 오란다.

"와서 뭐라도 간단히 먹고 가. 여기 준수도 있어."

준수 오빠는 이모 친구의 아들인데 우리 집 근처에 살아서 어릴 적에 나와 함께 자주 놀았던 오빠다. 이사를 가고 난 뒤에는 한동안 소식을 몰랐는데 준수 오빠는 군인 아저씨가 되어 있었다.

"휴가 나왔다가 들렀대."

준수 오빠는 몰라보게 변했다. 전에는 내가 '멸빠', 일명 '멸치 오빠'라고 불렀는데 이제는 가슴이 콩닥거릴 정도로 늠름하다. 키도, 덩치도 커진 데다 표정까지 음전해져 우리나라는 물론 지구도 지켜 낼 수 있을 것처럼 보인다. 세월은 사람을 이렇게 저렇게 빚어내는 재주가 있나 보다.

"서란아, 너 앞머리 들춰 봐."

오빠는 나를 만나면 늘 첫마디가 저 소리다. 어릴 적 나를 자전거에 태워 준다고 하다가 넘어지는 바람에 내 이마 왼쪽에 상처를 만든 적이 있기 때문이다. 그때에는 제법 상처가 컸는데 나이가 들면서 많이 희미해졌다. 게다가 나는 앞머리를 내리는 스타일이라 크게 신경 쓰지 않고 사는데 오빠는 그게 늘 마음에 걸리나 보다.

"괜찮아."

"내가 책임져야 하는데."

"어휴! 또 그 소리."

오빠는 맨날 자기가 나를 책임져야 하니 결국 자기한테 시집을 오는 수밖에 없다며 장난을 치고는 했다. 그때 불현듯 내 머릿속을 스치는 생각이 있었다.

"아! 오빠. 부탁 하나 들어줄래?"

"뭔데? 돈 드는 거 아님 다 들어준다."

그날 밤 시영이네 집 앞으로 찾아갔다. 시영은 내 전화를 받고 비척비척 내키지 않는 걸음으로 나왔지만, 나는 시영을 보는 순간 반가움이 앞섰다. 정말 미련한 반가움이다. 원래 계획대로라면 수림의 오빠 이야기부터 꺼냈어야 하는 건데, 나는 내 마음에 돈은 미련하지만 순도 높은 반가움을 배신하기 싫어 핸드폰 사진을 먼저 보여 줬다. 나는 시영에게도 기회를 주고 싶었다. 불의의 그늘에서 벗어나 자발적으로 걸어 나올 수 있게 되기를.

"이것 봐."

"뭔데?"

"수림이의 강아지 하몽이를 윤미가 훔쳤다는 증거가 여기 있어."

사진을 힐끗 들여다본 시영은 놀란 눈치였지만 일부러 놀라지 않은 척한다. 그러고는 내뺄 궁리를 한다.

"엄마가 얼른 들어오랬어."

윤미의 뒷모습이 찍힌 사진을 확대해서 하몽의 이니셜을 보여 줬건만 시영은 자기가 본 사실마저 덮고 싶어 했다. 뜨악한 표정이 그 증거다.

"잘못된 건 바로잡아야지."

"아, 몰라. 더 이상 복잡해지는 게 싫다구."

"넌 초지일관 내빼는 것만 하는구나."

내 비아냥에 시영은 괴로운 마음이 들긴 했나 보다. 담벼락을 발로 세게 탁탁 찬다. 슬리퍼라 발끝이 아플 법도 하건만 저런 식으로 자신을 합리화하는 게 아닌가 싶다. 일종의 자해랄까?

"근데 어쩌라구?"

그러고는 뒷이야기를 이었는데 내용인즉, 자기 엄마와 윤미네 엄마가 갑작스레 친분이 두터워지는 바람에 윤미와 같이 과외를 하게 되었단다. 윤미네 엄마가 모셔 온 유명한 쌤이라 뺄 수도 없었다는 것이다. 아마도 그날 본 남자애들까지 넷이서 하는 과외인가 보다.

"네가 노예도 아닌데 넌 네 생각도 말 못해?"

"노예면 차라리 말이라도 하지. 근데 엄마잖아. 엄마한테 어떻게 다 밝혀? 알고 보니 동창이었다며 두 분이 급 친해져서 윤미가 졸지에 엄마의 절친 딸이 되어 버렸는데 어떻게 다 까발리냐구? 너 같으면 그게 가능하니? 암튼 더 복잡해지고 싶지 않아서 그냥 과외하는 거야."

"헐! 어떻게 그런 애랑……."

"결혼해서 같이 살라는 것도 아니고 그냥 공부하는 건데, 뭐. 걍 냅 둬."

이모가 한 말이 떠올랐다. 세상의 모든 문제에는 태생적으로 도돌이표가 달려 있어서 해결하지 않으면 어떤 식으로든 다시 돌아오게 되어 있다던 말. 그 말을 전하고 싶었는데, 시영이네 엄마가 창문을 열고는 들어오라고 재촉한다. 그러자 시영은 성마른 표정이 되었고 나는 하는 수 없이 본론을 이야기했다.

"군대 갔다던 수림이네 오빠가 오늘 제대를 했대."

"뭐?"

소심한 시영은 눈이 휘둥그레진다.

"말 그대로야. 제대를 했다구."

"근데…… 뭐, 어쩌라구."

"그 오빠랑 같이 왔어."

그러고는 저 뒤쪽에 서 있는 준수 오빠를 가리켰다. 군복을 입고 먼발치에 서 있는 준수 오빠의 뒷모습을 보고는 시영이 놀라 울듯이 말한다.

"왜 나한테? 내가 뭘 어쨌다구?"

"이제 수림이는 더 이상 집에 처박혀 있지 않아. 그리고 수림이네 오빠는 사실을 다 알고 싶은 거야. 그러니까 너도 더 이상 감추지 말고 문제를 덮어서도 안 돼. 너도 수림이가 히키로 있는 게 괴롭다며? 그러니까 이제는 솔직하게 이야기해서 모든 걸 바로잡아야 해. 그게 모두를 위한 거야."

"야! 그건 윤미한테 물어야 하는 거 아냐?"

"그래, 그래야겠지. 하지만 난 그 전에 네가 사진을 보고 용기 있게 분개해 주길 바랐어. 그래서 먼저 너를 찾아온 거야."

그때 시영이네 엄마가 창문을 열고 고함치며 또 한 번 시영을 불러 댄다.

"윤미하고 얘기해서 다시 만나기로 해."

내 말에 시영은 어쩌겠단 답도 없이 총총거리며 집 안으로 사라졌다. 시영과 헤어져 돌아오는 길은, 마음이 너무 무거워 걸음마저 쉽게 내딛어지지 않았다. 나는 시영에게 최소한의 마지노선 같은 양심이 살아 있기를 기대했었다. 적어도 그 사진을 보고 분기탱천까지는 아니더라도 발끈 정도는 해 주리라 믿었다. 잘못된 일을 보고 살아 꿈틀거리는 양심까지는 아니더라도 상대의 아픔에 공감해 주는 정도의 말랑거리는 양심쯤은 보여 줄 거라고 믿었는데 완전 실망이다. 초딩도 아니고 고삐리면서 엄마한테 묶인 끈 때문에 그리 꼼짝달싹 못하다니.

그리고 또 하나, 시영을 상대로 내가 거짓말의 덫을 놓은 것도 편치 않았다. 하지만 양심을 가둔 채 철의 장막 같은 등짝을 보이면서 꼼짝 않으려는 윤미를 움직이게 만들 방법으로는 이것밖에 없었다.

시시해 보이는 구멍이 결국에는 담벼락을 무너뜨린다고 했던

가? 내 으름장은 의도한 것보다 더 큰 효과를 내며 굴러갔다. 그날 내가 시영에게 실제로 존재하지도 않는 수림이네 오빠를 들먹인 것이 눈덩이가 불어나듯 커졌기 때문이다. 마치 도미노의 첫 블록이 넘어진 것처럼.

야심한 밤에, 그것도 과외 숙제를 해야 하는 타이밍에 딸의 친구가 찾아온 게 심히 못마땅했던 시영이네 엄마는 계속해서 창밖을 내다봤는데 저 멀리 수상한 군인 아저씨가 서성이는 것도 날카롭게 발견했다. 그리고 마지막에 딸이 그 군인 아저씨를 바라보며 두려움에 떠는 것까지 매의 눈으로 포착했다. 아마도 딸을 보호하려는 엄마의 본능 때문에 그 모든 것을 볼 수 있었으리라.

그 덕에 입을 열지 않으려고 작정했던 시영은 엄마에게 모든 사실을 술술 불어야만 했다. 나중에 시영에게 들은 바에 의하면 시영이네 엄마는 상상력이 엄청나게 풍부하신 분이었다. 그래서 군인 아저씨와 시영이 연인 관계일지도 모른다고 가정하고 무섭게 닦달했고 시영으로서는 도저히 입을 열지 않을 수 없었다고 한다.

암튼 시영의 이야기를 들은 시영의 엄마는 처음에는 친구 딸인 윤미가 그럴 리 없다며 믿지 않았다. 하지만 한사코 오해가 있었을 거라면서도 조심스럽게 윤미네 엄마에게 말을 전했다. 그리고 그 이야기를 들은 윤미의 엄마는 윤미에게 사실 여부를 추궁했는데 당연히 윤미는 모든 걸 부인했단다.

'말도 안 돼요. 아니, 내가 왜 하늬 일에 뜬금없이 서란이란 애를 엮어요? 내가 뭐, 그렇게 상상력이 풍부한가? 그리고 난 수림이 강아지는 본 적도 없거든요? 완전 어이없다. 그런데 시영이가 그렇게 얘기했대요? 걘 무슨 근거로 그딴 얘기를 하는 거야? 걔 이상한 애 아냐?'

딸이 딱 잡아떼자 윤미네 엄마는 시영이네 엄마에게 정확하지도 않은 사실을 전했다며 오히려 시영을 의심했단다. 급기야 두 분은 내 자식 우선주의의 원칙에 입각해 각자 할 말만 했고 그러다 보니 감정싸움을 하게 되었다. 결국 싸움의 불길은 걷잡을 수 없이 거칠게 번져 순식간에 4자 대면을 해야 하는 지경까지 이르렀다.

시영과 윤미 그리고 둘의 엄마. 그 앞에서 시영은 그간의 이야기를 사실 위주로 담담하게 전했단다.

하지만 윤미는 처음부터 끝까지 '아니다, 그렇지 않다' 모드로 대응했다. 그도 그럴 것이 그 어느 이야기도 입증할 수 없었으니까. 대다수의 아이들은 증거가 없는 일을 부모에게 순순히 불지 않는다. 설사 구체적인 증거가 있다고 해도 교묘하게 자신에게 유리하도록 이야기를 각색한다. 아마도 그건 아이들뿐만 아니라 인간의 본능에 내재된 앱의 한 기능일지 모른다.

수림이를 괴롭혔다는 증거도(물론 이 대목에서 윤미가 수림에게 장난을 치긴 했다고 인정했다. 하지만 그건 어디까지나 장난 수준에 그친다고 주장했다. 윤미네 엄마는 장난 안 치는 애들이 어디 있냐고 역성을 들다가 심지어는 '애들은 장난을 치면서 크는 거다'라는 표어까지 만들어 붙일 기세였다고 한다.), JSR이 장서란이라는 소문을 윤미가 의도적으로 퍼뜨렸다는 물증도 없다. 그렇게 '상황 끝!'으로 이야기가 마무리될 무렵, 윤미네 엄마는 오히려 수림이네 오빠가 따지러 찾아왔었다는 사실을 두고 분개하기 시작했다.

"아무리 증거를 찾겠다는 명분이 있고 자기 동생의 친구들이라고 해도 그렇지, 야밤에 시퍼런 군인 아저씨가 여학생을 집 밖으로 불러내는 게 말이 돼?"

분개가 분통으로 발전하다가 마침내 수림이네 오빠를 호출할 기세로 번졌지만 그 대목에서 윤미가 브레이크를 걸었다.

'그 오빠, 휴가 끝나서 부대로 돌아갔을걸?'

윤미는 차마 수림의 오빠가 애초에 없는 사람이라는 이야기를 꺼내지 못했으리라. 내가 데려온 수림의 오빠가 가짜라는 사실을 밝히려면 자신의 거짓말까지 다 드러내야 하기 때문에.

4자 대면을 하면서 아무리 시영이 진실을 이야기해도 윤미의 잘못이 확실하게 수면 위로 떠오른 건 하나도 없었다. 물속 사정이야 어떻든 간에 잠수까지 하면서 진실을 확인하고 싶은 사람은 그 자리에 없었을 테니까. 진실은 필요한 사람만이 찾는 법이다.

진실은 서울역 시계탑처럼 누구나 볼 수 있게 멀뚱히 드러나 있지 않고 백주 대낮에 거리를 활보하는 스타일도 아니다. 결국 윤미와 윤미네 엄마는 필요에 의한 자의적인 해석을 내렸단다.

'히키코모리로 은둔 생활을 한다던 수림이는 타고난 기질이 나약하거나 가정적인 문제 때문에 그렇게 된 것일 뿐이고, 학교에서 하늬를 해친 JSR로 오해를 받아 왕따를 당한 장서란이 역시 재수가 없어서 그런 일을 겪게 된 것이다. 하지만 걔가 단순히 재수가 없었기 때문이기보다 평상시에 욕을 먹을 만한 행동을 했기 때문에 이번 일에 엮였을 확률이 높다.'

그날 밤, 시영은 잠자리에 누워서 뭔가 잘못되었다는 생각을 지울 수가 없었단다. 그래서 다음 날 깊은 밤에 내게 전화를 걸어 그간의 이야기를 전했다.

"처음에는 무섭고 번거롭고 귀찮아서 모른 척하려고 했어. 그런데 어쩌다가 궁지에 몰려 진실을 밝혔는데 그것조차 자기들 편한 대로 해석하고, 진실마저 변질되는 걸 보고 있으려니 내 안에서 뭔가가 치미네. 정말 이렇게 끝나도 되는 걸까?"

'이렇게 끝나도 되는 걸까?' 하고 묻는다는 건 이대로 끝내고 싶지 않다는 시영의 의지를 의미한다. 그리고 난 절대 끝이어서는 안 된다고 생각한다. 그래서 나는 시영의 안에서 치미는 그 무언가에 불을 붙이기로 작정했다. 난 내 '프사'를 시영에게 보냈다.

"지금 내가 보낸 이 사진을 윤미네 엄마한테 보내자."

"윤미 엄마가 이 사진을 본다고 달라질까?"

"그 사진에는 하몽이 이니셜이 찍혀 있잖아."

"그게 강아지 목줄이라는 증거가 어딨냐고 우길지도 몰라."

그럴지도 모른다. 하지만 우리가 할 수 있는 것까지는 다해야 한다.

"그래도 이게 끝일 수는 없잖아."

"그렇지. 용기를 내야겠지?"

"그럼."

시영과 전화를 끊고 나는 거울 앞에 서서 양팔을 허리에 얹고 외쳤다.

"용기 있는 자, 용기만큼 큰 세상을 얻게 되리라."

언젠가 기억의 창고 카페에서 들었던 이야기가 불현듯 떠오른다. 닭의 30센티미터 시야가 아니라 독수리의 시야로 멀리 보라고. 용기를 딛고 일어서서 애써 한 발이라도 내딛으면 그만큼 멀리 보게 되리라.

그리고 다음 날 거짓말 같은 반전이 일어났다. 윤미네 엄마가 내게 직접 전화를 걸어온 것이다. 수림한테 연락 좀 넣어 달라는 부탁이었다. 처음에는 윤미네 엄마의 목소리를 듣는 순간 약간 무서웠다. 한 번 부인한 사람은 두 번, 세 번이 쉬운 법이니까. 사진 역시 장난의 일부일 뿐이라며 수림과 나까지 싸잡아서 야단을 칠 속셈인지도 모른다고 생각했다. 그래서 일단 거부 반응부터 보였다.

"왜요?"

"사과를 하고 싶어."

"진짜요?"

"그래."

"그런데 왜 아줌마가 해요?"

"물론 윤미가 해야지. 너한테도……."

"……근데 진짜예요?"

왜 갑자기 마음을 바꾼 거냐고 묻고 싶었지만 그건 사과를 받은 뒤에 할 질문이라 참았다. 대신 수림이에 관해 이야기했다. 상대가 겪은 고통의 크기를 알아야 사과의 크기도 정해질 것 같아서다. 애기 주먹만 한 사과를 성의 없이 던지고 말면 어쩌지 싶어서……. 생각 같아서는 내가 그 지옥 속에서 얼마나 오래, 어떻게 지냈는지 악을 쓰며 떠들고 싶었지만 그 어떤 말로도 간단하게 표현이 안 되는 것이라 그냥 접었다. 그래서 소소한 애로 사항만 전했다.

"아시겠지만 수림이, 걘 집 밖으로 못 나오는 애라…… 어떨지 모르겠지만 그래도 제가 잘 말해 볼게요."

예상대로 수림이는 쉽게 움직이려 들지 않았다. 하마터면 두려움의 먹이가 되어 다시 어둠의 창고 바닥으로 내려갈 뻔했다. 그런 수림을 간신히 끄집어내긴 했다. 수림은 전보다는 바깥출입을 많이 하는 편이지만 그래도 윤미와 대면하는 일은 쉽지 않은가 보다. 나의 설득에 줄곧 도리질만 친다.

"의미 없어."

"아니, 의미 대박 있는 일이야."

"뻔해. 엄마가 알게 되었으니 건성으로 사과한단 말은 하겠지. 하지만 진심도 안 담긴 그딴 이야기를 듣는 게 뭔 소용이야?"

"엉터리 사죄라도 공식적으로 받는 건 매우 필요한 일이야. 물론 윤미 걔는 진심으로 사과를 안 할지도 몰라. 어쩌면 걔는 영원히 그런 걸 못하는 애일 수도 있어. 하지만 이건 우리를 위한 일이야. 진심이든 아니든 사과를 받아야 우리 맘에서 그 일을 털어 낼 수 있다구. 그래야 끝을 내지. 언제까지 그 일이 뿜어내는 독소를 마음속에 담고 살 수는 없잖아."

"독소라니?"

"너…… 네 새엄마랑 닮아서 윤미를 더 무서워한 것 같다며?"

"응."

"그게 네 안에 있는 독소야. 다른 말로 트라우마. 그걸 이번에 다 꺼내서 버리고 네 머릿속 기억의 장에서 네 새엄마, 윤미에 대한 기억을 완전 폐쇄시키는 거야. 우린 그 의식을 치르기 위해서 사과를 받아야 해."

"그런다고 없어질까?"

"완전히 없어지진 않겠지만 큰 도움이 될 거야. 나쁜 기억의 장례식을 치르는 거니까."

"기억의 장례식?"

"응. 그러니까 윤미의 사과는 일종의 상징적인 거지. 장례식을 치르기 위해서 윤미의 사과를 받고 안 좋은 과거를 태워서 묻은 뒤 우린 손을 터는 거야. '이제 끝!' 이런 식으로."

내 말에 한참 눈동자를 뒤룩뒤룩 굴리던 수림이 또다시 두려움에 머리채를 잡혀서는 봉창을 두들긴다.

"그냥 너 혼자 가서 내 몫까지 사과를 받아 오면 안 될까?"

"그게 말이 되냐? 야! 너 찌질하게 계속 방구석에 처박혀 있을 거야?"

"그건 아니야."

"아니면 나와. 나와서 달릴 준비를 해."

"걷기도 힘든데 뭘 달리기씩이나……."

"야! 비행기가 날기 위해서는 활주로를 냅다 달려야 한다고. 달리지 않고는 날 수가 없어. 자, 어쩔 거야. 달릴래, 말래? 불 꺼진 격납고에 처박혀 서서히 녹슬어 가는 비행기가 될 수는 없잖아. 날아야지."

수림이는 뭔가를 상상하는 눈치다. 근사한 날개를 달고도 날지 못한 채 뾰족한 머리를 벽에 처박고 있는 은빛 비행기를 상상하는 걸 거다. 그러고는 잠시 뒤 결심한 듯 고개를 주억거리더니 낮은 소리로 대답한다.

"알았어."

수림을 배려하는 차원에서 수림이네 아파트 단지의 놀이터로 윤미와 윤미네 엄마가 찾아왔다. 그리고 원래 참석 인원에 포함되지 않은 인물이건만 시영도 수림에게 꼭 사과하고 싶다며 자발적으로 찾아왔다. 윤미는 집에서 엄마에게 호되게 훈계를 받은 뒤라선지 아니면 진심으로 반성을 한 건지 암튼 평상시와 아주 다르게 고개를 푹 숙이고 조용히 그림자처럼 걸어와 무게감 없이 서 있었다.

윤미네 엄마와 윤미를 뺀 나머지는 몹쓸 어색함 때문에 다들 죄지은 사람처럼 고개를 푹 숙인 채로 앉아 있었다. 수림이야 워낙 그런 캐릭터라지만 나와 시영이까지 애꿎은 운동화 앞코만 한참 내려다보았다. 대체 누가 무슨 말을 먼저 꺼내야 하는 건지 모르겠어서 가위바위보라도 해야 하나 하던 참에 윤미네 엄마가 어른답게 입을 여셨다.

"이렇게 모든 걸 바로잡을 기회가 생겨서 정말 다행이야."

그러고는 내가 궁금했던 이야기를 꺼내셨다. 시영이 보내 준 사진을 보고 모든 걸 깨달으셨단다.

"사실…… 하몽이는 지금 얘 이모가 키우고 있어. 그때 윤미가 길에서 강아지를 주웠다고 해서 그걸 아줌마는 그대로 믿었거든. 정말 미안하다."

윤미네 엄마의 말이 끝나기가 무섭게 영원히 고개를 못 들 것 같던 수림이 고개를 발딱 쳐들고는 윤미를 향해 소리쳤다.

"야! 송윤미, 너 뭐야!"

평상시와 달리 수림이의 목청이 어찌나 크고 굵던지 정말 낯설었다. 저 한마디로 수림의 억울함이 많이 털어지지 않았을까 싶을 정도다.

"주수림, 미안해. 처음에는 그냥 장난처럼 숨긴 건데…… 돌려줄 기회를 놓쳤어. 그러다 보니까 눈덩이처럼 일이 커졌고…… 네가 히키가 되었다고 하니까 더 무서워서…… 근데 거기에 하늬까지 사고를 당해 버려서…… 이젠 정말 돌이킬 수 없다는 생각이 들었어. 하늬한테 너무 미안했어…… 그런데도 어디서부터 밝혀야 될지 몰랐어……. 줄줄이 엮인 일을 다 들춰내기가 너무 무서워서…… 서란이한테 덮어씌운 거야. 정말 미안해. 이럴 줄 몰랐어. 정말……."

윤미가 말을 더 잇지 못하고 어깨를 들썩이며 엉엉 운다. 윤미의 울음은 한 가닥이 아니다. 고개를 들어 보니 수림이가 눈물 콧물을 쏟으며 울고 있다. 그리고 시영이도, 나도 더불어 울고 있다. 각자의 울음을 게워 내는 중이다. 가해자는 가해자대로, 방관자는 방관자대로, 피해자는 피해자대로 힘들었던 시간과 고통을 끌어올려 울음으로 뱉어 낸다. 우리는 사이좋은 친구처럼 한바탕 울음 합창, 아니 떼 창을 한다. 특히 바닥으로 낙하하는 수림의 굵은 눈물은 농밀한 감회로 뭉쳐진 것처럼 보인다. 지나간 시절의 아픔들이 저 눈물로 다 씻겨 나가길 바라는 마음이 든다. 그리고 나 역시 그렇게 될 거라고 희망해 본다.

오늘따라 놀이터를 훑고 가는 저녁노을이 유난히 붉다. 우리 등 뒤로 배경 화면처럼 번지는 노을의 하이라이트를 보면서 영화의 마지막 장면 하나를 떠올려 봤다. 결국에는 주인공이 배시시 웃는 해피 앤딩을.

*

잠자리에 누웠을 때 내 몸이 새털처럼 가벼워진 느낌을 받았다. 이대로 어디론가 날아가는 건 아니겠지 싶어져 이불을 꼭 덮었다. 수림도, 시영도 그리고 윤미도 아마 나처럼 홀가분한 기분일 거다. 다들 나름의 과거를 씻어 냈으니까. 그게 얼룩이든 상처든 간에.

깊은 산속, 흐르는 맑은 물에 간을 잘 씻어서 넣어 두었다던 토끼의 거짓말이 쓸데없이 연상되어 괜히 웃음이 난다. 그냥 별것 아닌 일에도 마구 웃어 보고 싶은 밤이다.

밤에 멋진 꿈을 꾸었다. 미끈하게 쭉 뻗은 활주로를 달리는 근사한 비행기가 나오는 꿈이다. 은빛 비행기는 달리고 달리다 마침내 땅을 박차고 하늘로 비상한다. 파란 하늘을 가로지르며 구름 속으로 들어가던 비행기는 햇살을 등에 업고 반짝! 내게 윙크를 한다.

황홀한 비행이다.

일요일 아침, 엄마가 캐나다에서 돌아왔다. 반가운 마음에 엄마를 안고 길고 긴 포옹을 했다. 그리고 나는 격려 차원에서 엄마의 등을 토닥였다. 내가 그동안 애쓴 만큼 엄마도 이제부터 애를 써야 할 거다. 다시 도망치지 않기 위해…… 씩씩하게 첫발을 떼실 거다.

수림이는 '코스' 회원들을 따라서 캐릭터 페어가 열린 강원도 정선에 다녀왔단다. 거기에서 재미있는 구경을 많이 했다며 자랑을 한다. 그리고 오는 길에 제천에 계신 아빠한테도 들렀단다. 돈이 너무 많이 들어서 앞으로 코스프레는 더 할 생각은 없고 대신

다음 달부터 검정고시 학원을 다닐 계획이란다.

그리고 낮에는 할머니네 만두 가게에서 열심히 만두를 빚는다며 언제든 놀러 오란다. 자기가 빚은 만두가 유난히 짭짤해서 맛나다며. 아, 참! 그리고 아빠와 같이 여행을 다니는 길에 하늬가 있는 충주 병원에도 들러 문병을 했단다. 물론 하늬는 여전히 그대로이지만 수림은 하늬의 손을 붙잡고 분명히 깨어날 거라고 주문 같은 기도를 오래오래 해 주고 왔단다. 겨울 방학 때 시영이까지 불러서 다함께 하늬에게 가 보기로 했다.

날기 위해 활주로를 열심히 달리는 은빛 비행기처럼 나는 오늘도 달린다. 튼실한 동반자, 뇌의 협조를 받아 행복한 기억을 장착하고 절대 쫄지 않으면서 당당하게 달려 나갈 것이다. 어른들이 '사는 건 늘 산 넘어 산'이라고 하시지만, 나는 그다지 쫄지 않는다. 어떤 어려움이 와도 '기필코 서바이벌'을 할 거니까.

작가의 말

감당하기 힘든 일 앞에 마주 서면 우리는 '눈앞이 캄캄해졌다'라는 표현을 쓴다. 나도 겪어 봐서 아는데 정말 실감 나는 표현이다. 아무것도 보이지 않고 세상 속에 완벽하게 혼자가 된 듯한 느낌은 공포 그 자체다. 그런 상태에서는 두뇌는 정상 가동이 불가능해진다. 두려움 속에서 사리 분별도 안 되어 몸과 마음을 웅크린 채 발도 떼지 못하고 있어야 할 아이들을 떠올리면서 뭔가 일조를 하고 싶은 마음에 이 소설을 쓰게 되었다.

물론 어른도 그렇지만 특히 아이들에게 있어서 친구들로부터의 왕따는 세상이 끝나 버린 것과 같을 것이다. 그래서 그런 위기를 어떻게든 뚫고 통과해 나가려는 주인공의 '의지'를 보여 주고 싶었다. 양팔을 허리에 얹고 고통 속에서 한 발 살짝 비켜서서 '기필코 살아남을 거거든?' 하는 모습을. 모든 소설은 간접 경험을 유도하니까, 독자들도 주인공 서란의 의지를 보면서 힘을 얻을 수 있지 않을까 하는 의도를 담았다.

이야기를 추리 형식으로 이끌어간 건 줄거리를 흥미롭게 따라오라고 꾀는 차원이기도 했지만 그보다는 모든 문제 앞에서 한 발 떨어져서 이성적으로 상황을 바라볼 줄 알아야 한다는 걸 알려 주기 위함이다. 세상의 모든 문제에는 답이 있으니까. 답을 찾아가는 방식으로써, 조금씩이라도 애쓰며 움직여 보자는 의도였다. 가만히 음습한 방공호로 들어가서 시간과 상황을 견디기만 해서는 안 될 것이다. 세상의 모든 문제는 태생적으로 도돌이표를 가지고 있기 때문에, 우리가 의지를 가지고 풀어 나가려 하지 않으면 언젠가는 다시 마주치게 되어 있다. 그러니까 우리는 웅크리지도 말고, 도망치지도 말자. 길은 찾는 자의 몫이다.

오월이다. 저 멀리 산속의 여린 새싹들이 애쓰며 푸른 잎을 키우고 있다. 우리도 힘을 내서 어디든 달리기에 좋은 계절이다. 비행기가 날기 위해 활주로를 달리듯이 우리도 두 다리에 힘을 모아 발을 구르며 달려 보자.

2016년 5월에

박하령

기필코 서바이벌!

펴낸날	초판 1쇄 2016년 6월 5일
	초판 4쇄 2017년 6월 23일

지은이	박하령
펴낸이	심만수
펴낸곳	(주)살림출판사
출판등록	1989년 11월 1일 제9-210호

주소	경기도 파주시 광인사길 30
전화	031-955-1350 팩스 031-624-1356
홈페이지	http://www.sallimbooks.com
이메일	book@sallimbooks.com

ISBN 978-89-522-3407-0 43810

살림Friends는 (주)살림출판사의 청소년 브랜드입니다.

이 도서의 국립중앙도서관 출판시도서목록(CIP)은 서지정보유통지원시스템 홈페이지
(http://seoji.nl.go.kr)와 국가자료공동목록시스템(http://www.nl.go.kr/kolisnet)에서
이용하실 수 있습니다.(CIP제어번호: CIP2016012398)

책임편집·교정교열 **최진우**